PESCIROSSI
NARRATIVA

PESCIROSSI

L.R. CARRINO
IL PALLONARO

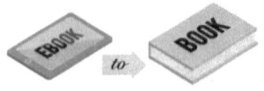

Seguici su facebook, twitter, ebook extra

© 2016 goWare, Firenze

ISBN 978-88-6797-282-1

Copertina: Lorenzo Puliti
Redazione: Marco Rosati
Impaginazione: Lorenzo Puliti

goWare è una startup fiorentina specializzata in digital publishing
Fateci avere i vostri commenti a: info@goware-apps.it
Blogger e giornalisti possono richiedere una copia saggio
a Maria Ranieri: mari@goware-apps.com

Introduzione dell'autore

Quest'anno, un dirigente di una società di calcio si è unito civilmente con il suo compagno, senza troppo clamore. Qualche anno fa Robbie Rogers, calciatore anche della nazionale statunitense, dichiara la sua omosessualità e il ritiro dall'attività agonistica. Convinto dal suo procuratore, torna a giocare e firma con i Los Angeles Galaxy. Al 77esimo minuto della partita contro i Seattle Sounders sostituisce un compagno. Appena entra in campo, c'è l'ovazione dei tifosi e l'abbraccio del suo capitano. Qualche mese fa, a corteggiare il primo tronista gay della nota trasmissione *Uomini e donne* è un ex calciatore, ora allenatore.

Le cose cominciano a cambiare?

Basti pensare allo scambio di vedute tra Sarri e Mancini, il primo che dà del frocio al secondo, all'inizio di quest'anno. Scuse successive di Sarri ci sono state, ma è la mentalità che non muta: "frocio" è ancora l'insulto più pesante che si possa rivolgere a una persona, specialmente a un calciatore, a un allenatore. Un insulto "istintivo", ed è questo istinto che andrebbe modificato.

Nel caso Sarri-Mancini, scuse del primo e *tutt'appost'*. Tra l'altro, bizzarra anche la giurisprudenza sportiva: non viene inflitta una punizione esemplare (due soli giorni di squalifica e ventimila euro di multa) perché Roberto Mancini è "notoriamente" eterosessuale. Pertanto, chiamarlo "finocchio" non si configura come una discriminazione.

Quindi, tutti *travestiti* di tolleranza, felici e contenti andiamo allo stadio, e dalle postazioni degli ultrà si continuerà a fare il tifo per la squadra del cuore a colpi di *arbitro cornuto* e *attaccante ricchione*.

La risposta è, quindi, no. Le cose non cambiano. Si travestono. Si mimetizzano e, paradossalmente, risultano ancora più subdole.

Tre anni fa, all'uscita della prima edizione di questo romanzo, il mio profilo Facebook fu destinatario di una marea di insulti. Non si infanga il *dio calcio*. Non si mette in dubbio la sua *maschità*. Non esistono, in definitiva, gay nel calcio.

In pratica, le cose si fanno ma non dicono, men che meno si scrivono. D'altra parte, un noto editor italiano al quale fu sottoposto questo romanzo, per una eventuale pubblicazione, disse: "questo è un romanzo che non doveva nemmeno essere scritto".

Be', con buona pace di quell'editor non solo è stato scritto e non solo è stato pubblicato, ma viene riproposto con una nuova bellissima copertina: *repetita iuvant*

Buona lettura.

Luigi

ANDATA

Se una mattina di settembre hai otto anni e mezzo e prima di alzarti senti le formiche sotto la pianta del piede sinistro, come se il piede volesse farsi un'altra ora di sonno. Se un'altra mattina ti affacci sotto il letto, e con una mano tiri fuori il tuo Puma PowerCat numero 3 detto *grandissimo* e lo metti sotto le lenzuola assieme a te. Se una mattina sì e una no baci Maradona attaccato alla parete come fosse il tuo gesucristo a capo del letto, gli lanci *grandissimo* e dici Da' 'na capata e per una decina di minuti palleggi di testa con il poster del più grande giocatore del mondo. Se *Holly e Benji* è il cartone che ti piace di più e ogni volta che i fratelli Derrick eseguono la *catapulta infernale* pensi che riuscirai a farla anche tu, e se una mattina di maggio non vedi l'ora che tuo padre si svegli per iscriverti negli under 14, e se festeggi sedici anni in Prima Divisione e ti fai l'anno dopo in B segnando tredici reti ma nessuna con la *catapulta,* che teneva ragione l'allenatore del Campionato Giovanissimi: la *catapulta* è 'na strunzata. Se pensi che il tuo sogno a diciott'anni si scassa in tre parti, come la gamba che un terzino in scivolata ti frattura scompostamente e tu là a terra pensi che è finita e stai fermo due anni, uno per guarire, uno per riprendere a giocare senza la paura a ogni contrasto. Se a ventidue anni la squadra delle squadre contatta il tuo procuratore e a tuo padre gli viene una mossa perché non è il Napoli, e ti trova l'appartamento e ti dà settecentoquarantasettemila euro l'anno.

Se questa sera di fine agosto che ti batte forte il petto, e sei per la prima volta in A e sei il talento che corre 90 minuti e sei questo col piede sulla palla a centrocampo, se stasera tu sei tutto questa cosa che sta ora qui al Dall'Ara nella prima giornata di campionato della massima divisione allora tu sai, da stasera più che mai, sai che non puoi dire a nessuno e proprio a nessuno che a te ti piace il cazzo.

DALL'ARA
1ª giornata

Rientro nello spogliatoio degli ospiti, prima degli altri. Sono pieno di gioia e di paura e la guerra dell'ambizione che tengo nello stomaco da quando sono nato si prende una tregua e fa pace con l'ansia. Il mio piede destro sta appoggiato su mezzo chilo di cuoio sintetico e 70 centimetri di diametro, il mio Puma PowerCat numero 5 detto *grandissimo due*.

Il riscaldamento è finito e sta rientrando tutta la squadra. Sono zuppo. Apro l'armadietto e comincio a cambiarmi.

Succede anche oggi. La prima volta avevo nove anni. Poi è successo a dodici. A quindici. A sedici anni. È successo a ogni passaggio di categoria: alla prima partita ufficiale guardo intensamente davanti a me e poi, con tono solenne, formulo la stessa identica domanda.

Specchio! Specchio di questo spogliatoio amato! Chi è il più grande giocatore nel nuovo campionato?

Giardini, il secondo 2 del nostro 4-4-2, mi fa notare che quella davanti a me è l'anta dell'armadietto. Mi giro veloce di 180 gradi come se facessi io la parte dello specchio e mi rispondo con voce bambina rompicoglioni: *Sei tu Di Martino, sei tu il più grande del campionato.*

– Falla finita, fanatico! – aggiunge Michele Giardini rigirandosi a due mani il capocollo che si ritrova in mezzo alle gambe.

Giardini è uno che fa tutto al contrario. Prima i calzini. Poi le scarpette. La maglia. Poi la fascia di capitano. Un paio di minuti prima di entrare in campo si decide a mettere le mutande e posiziona a destra, protetto elasticamente, il suo portentoso strumento. Solo alla fine i pantaloncini, giusto quindici secondi prima della chiamata al tunnel.

Ci intendiamo bene io e lui. In campo so sempre dove si trova. La palla gliela passo senza verificare la sua posizione. Per la verità, finora questo è successo in allenamento. Non abbiamo mai giocato una partita ufficiale insieme. È stasera la nostra prima partita in campionato.

Giardini è un opportunista. Baricentro troppo alto. Non se li può permettere 'sti dribbling spericolati che si va a cercare apposta per dimostrare che ce la può fare. Quello che può fare è buttarla in porta quando ci riesce, con "movimento elegante, alla Pelè" lui dice, ma non ci crede nessuno. Corre sulla fascia, aiuta il centrocampo "con la stessa naturalezza di Platini" lui ancora dice, e a questo ci crede solo il Mister. Ma è in gamba. Ha un senso del tempo unico, sa esattamente quando deve intervenire.

La storia dei numeri diversi dalla serie 1-11 non mi ha toccato. Io ho il 10.

In altri tempi il numero 10 apparteneva a chi portava l'idea, la testa della squadra, chi aveva gambe, fisico, soprattutto cattiveria. Io sono più Zola che Henri. Sempre discusso, sempre responsabilizzato il 10. Io sono più vicino a Del Piero che a Weah. Ho idee, gambe pure e del gioco di testa non ne parliamo. Ho possenza fisica. Più Baggio che Totti. La cattiveria mi manca.

Il 10 è il giorno in cui sono nato. Io sono nato il 10 di maggio del 1987, la sera che il Napoli vinse il suo primo scudetto. Il 10 lo porto anche per lui, l'imperatore della città dove sono nato e cresciuto. Io mi dovevo chiamare Stefano, il nome di nonno materno. Ma mio padre mi ha chiamato con il nome dell'imperatore. "Era destino, doveva essere così", dice mio padre ogni volta che mia madre si lamenta di questo fatto del nome.

– Specchio! Specchio che sei nel mio spogliatoio amato! Dimmi, chi c'è l'ha più grande di tutto il campionato?

Altro giro veloce. Stavolta completo, a 360 gradi. Giardini, scutuliandosi il Calippo che ha in mezzo alle gambe, urla: io!

Su questo siamo tutti d'accordo.

– Aò! E mettite le mutande, hai rotto er cazzo co' 'sto coso! – faccio io, con una manata di crema-gel in mano.

– Ma te non eri napoletano? Vòj fa' er romano? Te piaciono li romani, eh? – e si avvicina roteando il basilisco.

– Se non ti parlo in romano manco capisci.

– Me fai 'na pompa? Daje, è pe' scarica' un po' la tensione...

Michele Giardini è un pezzo di pane, un bonaccione. Volgarotto ma buono.

– E ja Miche', metti il cane a cuccia.

– Co' 'sto cane c'ho fatto un figlio bello quanto er papà suo.

– Allora sta inguaiato.

Risata generale. Finisco di azzeccarmi tutti i capelli in testa.

– Datti una mossa, Giardini! Metti via la pompa idrovora che mancano tre minuti. Complètati.

Si fa serio Giardini, altroché.

– Sì, Mister.

Un'ultima volta, prima di richiudere l'anta dell'armadietto. Prima di entrare al tunnel, io ancora sottovoce: – Specchio specchio del mio spogliatoio amato, dimmi dimmi dimmi: chi è il più grande giocatore di questo nuovo campionato?

Mentre ci avviamo alla spicciolata al tunnel, in mezzo all'altro centrocampista Frears e al secondo portiere Francesco Mariotto, rifaccio la voce della bambina stronza: – Di Martino sei tu, sei tu il più grande del campionato.

I cretini mi spintonano. Mariotto fa l'imbecille dietro le mie spalle, mi palpa.

– Quanti anni ha questa bambina? Lo ha già preso?

L'ho desiderata questa maglia. L'ho sognata e l'ho pianta come la maglia firmata da Maradona che mio padre ha bruciato dopo che la mia gamba è guarita e sono tornato a giocare. Lui aveva fatto un voto. Io sono guarito e lui ha bruciato la cosa a cui teneva di più. Poi ha fatto preparare una gamba d'argento come ex voto e l'ha portata alla Madonna dell'Arco.

Sfiliamo in campo disposti su due file, gli uni di fronte agli altri. Lo speaker legge le formazioni. Man mano che si avvicina il mio numero sento le mani umide, il calore che parte dallo stomaco va a bruciare la mia impazienza nella bocca e mi secca tutta la saliva.

Numero 10: Diego Di Martinoooo!

Faccio un passo avanti. Giravolta su me stesso e alzo le mani al cielo pazzo di gioia. Il boato dello stadio. Ho le lacrime, 'o friddo 'ncuollo. È questa, non ci posso ancora pensare, è questa la mia prima partita in serie A, il mio debutto, e avviene da titolare. Applaudo ai tifosi.

Le formazioni si posizionano ognuna nella propria metà campo. Giardini è sul dischetto. Ha Careddu di fronte. Si guardano. Careddu si sposta e mi fa segno di prendere il suo posto. Dietro di me la mezz'ala avanzata Freelay dice: – What are you waiting for? Muoviti!

I compagni mi concedono il calcio d'inizio. Arrossisco d'orgoglio e non lo faccio vedere. È una cortesia, una cosa che si fa, un regalo per la mia prima partita ufficiale con la squadra.

Fermo davanti a Giardini, aspetto il fischio di inizio al centro del Dall'Ara.

Prima partita di campionato, in trasferta. Arbitra il signor Mastino di Bergamo. Spettatori 21.000 circa. Paganti: 16.437.

Sono un grande attaccante. Un grande regista. Tocco verso Giardini, mi sposto a destra e lui mi restituisce la palla. Scatta in avanti. Lancio il mio primo assist sulla trequarti, parallelo alla linea di fondo. Non dovrei farlo. Con quattro centrocampisti, non dovrei proprio farlo. Giardini svetta, aggancia di testa, non controlla. Alza una mano come per scusarsi. L'errore è mio. Alza il pollice verso l'alto e sorride. Si gira di fronte alla porta avversaria e torna camminando all'indietro verso la nostra metà campo. Rimessa laterale a favore dei padroni di casa.

Alle 20.45, è una sera di fine agosto, nel caldo dell'estate e sotto il caldo artificiale delle luci al Dall'Ara io sono in verdenero ed è passato il primo minuto di gioco.

Quelli come me nel calcio non esistono. Le Società fanno sparire foto di bocche milionarie che si compromettono in bocche che non devono, non possono baciare. Io sono un grande attaccante. Lo giura il mio procuratore Marco Natti sulla capa morta di sua nonna, e quando gli chiedo conferma Natti lo giura anche sulla tomba di sua mamma. A essere pignoli, uno potrebbe fargli notare che sua madre è viva, ma siamo al terzo minuto e il Bologna manifesta tutta l'intenzione di farci passare i guai nostri. Siamo più forti, il Bologna lo sa ma regali non ne vuole fare, anche se si tratta della prima giornata. Soprattutto nella prima giornata.

Non posso distrarmi. Careddu fa un'entrata da dietro. L'arbitro spicca una corsa. Gli si ferma davanti, aggressivo: quarto minuto e Careddu è già ammonito. Ci sta tutta. Il Mister impreca dalla panchina. Agitando le braccia spinge l'aria con le mani verso il basso, come a dirgli: "Calma, ragazzo". Il quarto uomo lo scruta. La vedo dura. Questi menano. Stessa azione qualche minuto prima e l'arbitro si è comportato diversamente. Mastino fa capire immediatamente da che parte sta.

Stasera lo stadio è tutto per me ed è la mia prima volta in A. Ho talento per correre 90 minuti e se sono fortunato anche per segnare. Sono questo qui alla trequarti, col piede sul pallone al Dall'Ara nella prima giornata di campionato della massima divisione e so, certo che lo so, stasera più che mai, che quelli come me nel calcio non esistono.

IN CASA
4ª giornata

A Milano da quasi due mesi e mi sento uscire pazzo. Compro jeans. Giacche. Giubbotti di pelle. Scarpe. Vado agli *ape* in centro, alle colonne, al lounge di via Washington dove c'è gente dell'ambiente. Ho preso un nuovo iPhone. Non ho nemmeno aperto la scatola. Una volta a settimana mi taglio i capelli. Ho preso delle mutande fantastiche, viola, mai messe. Anche calzini, a scacchi. Blu. Rossi. Ho comprato una racchetta da tennis. Gioco due volte all'anno. E poi ci sono i miei allenamenti. Tre volte alla settimana. Più il prepartita. Esco raramente di sera. A cena con Simon e due ragazze. Con Freelay e due ragazze. Il giovedì sto a pranzo da Giardini. Sua moglie è molto carina. Il figlio è una guerra, insopportabile.

Il tempo dell'intera settimana è tutto impiegato.

Manca solo una cosa.

Il lunedì non penso a niente se non a rilassarmi. È il martedì la maledizione, il fuoco. Dopo gli allenamenti di questo pomeriggio mi sentivo stanco. Sono tornato a casa e mi sono messo a dormire. Sto ancora a letto tutto imbambolato. Tanto, non ho nulla da fare in questa città di merda.

Uscire a divertirmi, sì. Ma non ho voglia di andare in un locale fighetto con i miei compagni di squadra. A finale, si va a cena e poi si finisce per andare in discoteca a ballare, a rimorchiare.

Non ho nessuno in questa città.

La mia famiglia è il Puma sotto al letto, ma le sere così che mi manco, le sere che brucio la mia famiglia non basta. Non riesco a trattenermi. Dopo l'allenamento, dopo un paio d'ore di sonno, quando mi sento tutto rilassato, dopo che il corpo ha faticato io sento quella cosa là che mi parte dalle caviglie. La sento salire fino all'inguine. È una fiamma. Sento miliardi di formiche che scendono giù nelle mutande e realizzo che è in testa il fuoco che brucia di più.

Le otto di sera e ancora steso nel letto. Dovrei mangiare qualcosa. Afferro il pacchetto sul comodino e fumo l'unica sigaretta che mi è concessa in una giornata. Una Marlboro rossa.

Di solito la fumo dopo cena.

È una sera che stavo così, un anno e mezzo fa, che ho fatto una grande cazzata.

Sto a Cesena. In B. È una sera che non ce la faccio. Una sera che impazzisco. Prendo la macchina e arrivo nei pressi del *Cinema Corallo*, a Bologna. Un posto non troppo frequentato, fa periferia. Da un po' di mesi ho scoperto questo posto. È diventato una droga.

Faccio due, tre giri. Dieci giri. Nessuno di quelli che ci sono attira la mia attenzione. Avanti e indietro, lento e veloce. Quando ci passo davanti loro si mettono una mano sul pesce e se lo toccano. Fanno cenni ammiccanti con la testa. Con i finestrini chiusi non li sento, ma si capisce cosa mi stanno dicendo. Questo movimento, questa possibilità di chiavare con chi mi pare, con chi voglio, mi fa chiudere la gola. Deglutisco a fatica l'eccitazione. Me la sento partire dalle braccia e da sotto i piedi. Me la sento nella saliva che spingo a fatica nello stomaco. Certi fanno la faccia a desiderio, certi altri fanno la faccia di quelli che scopano nei cinema porno. Alcuni guardano a maschio. Si alzano il giubbotto e il maglione e fanno vedere gli addominali e se mi fermo anche un secondo li schiacciano sul finestrino freddo della mia auto.

Non so chi scegliere, forse tutti, magari nessuno.

Mi sposto lento, ho accese solo le luci di posizione. Qualcun altro caccia direttamente il pesce da fuori e lo sventola.

Ci sta uno che fa vedere il culo e urla "Venti euro!". A fine notte, quando è tardi, c'è chi fa lo sconto. Normalmente chiedono trenta, cinquanta al massimo se è uno di quelli freschi, uno che vogliono tutti.

Devo scegliere e togliermi la voglia. Non devo fare altro.

Non mi decido. Sto per andarmene. Faccio un ultimo giro e poi vado. Meglio farsi una sega a casa. Faccio un'altra guardata. Ancora un altro giro. Un altro ancora. Il cinema chiude. Esce uno con la mimetica larga che gli si appoggia sul culo. Cammina venti, cinquanta metri. Si ferma poco distante dal cinema. Ha i lineamenti duri da lavoratore che comincia il turno di notte. Guagliò, non stai mica in miniera. Ha una specie di borsello a tracolla. Le gambe sono due parentesi tonde. Accelero. Lo sorpasso. Lo guardo dallo specchietto. Faccio inversione. Lo voglio vedere in faccia. Accendo gli abbaglianti. Si porta una mano in fronte. Dietro di me una tre quattro sei macchine. Dietro di me una si ferma. Lui si abbassa, guarda dentro, fa un gesto con il taglio della mano due volte verso l'alto a dire "Vai, vai". Hai capito: questo se li sceglie. Ha i capelli ricci e neri. Non è molto alto. Ha un giubbotto a strisce rosse che litiga con le macchie verdi della mimetica. Si soffia il fiato nelle mani per farsi un po' di caldo. A Cesena marzo fa come gennaio a Napoli. Saltella sul posto. Inverto ancora la direzione di marcia. Mi avvicino. Capisco che ha poco più di vent'anni. No, venti no. Meno. Lui continua a saltellare. Mi fermo. Abbasso il finestrino. Lui piega la testa. Ha due pietre vive al posto degli occhi. Fa un sorriso da bimbo. Non è nemmeno maggiorenne. Allunga una mano sulla maniglia della portiera e aspetta il mio permesso. Dice qualcosa, una cosa come: "Salgo?". Una cosa come: "Vengo dentro?". Sale senza aspettare la mia risposta. È romeno. Somiglia a Mutu, parla anche come lui.

Mi chiede cosa voglio fare. Io chiedo: "Quanti anni hai?". Lui pronto: "Diciotto". Non ci credo. "Voglio parlare un po'", dico io. "I soldi prima", dice lui. Cinquanta. Li mette nella tasca dei jeans. Mi dice di andare dritto. Dietro la seconda curva c'è una stradina sterrata. C'è uno slargo. Altre tre macchine. Io lo guardo. Lui si slaccia i pantaloni. Io non faccio un gesto. Dopo una trentina di secondi mi indica il suo pesce. Io ancora immobile. Lui fa una specie di ragionamento che dovrebbe significare: Muoviti, non voglio stare qua tutta la notte. "Tutta la notte costa duecento euro" e sorride. "No", gli dico, "Va bene così" e mi abbasso su di lui. Mi masturbo mentre. Dura dieci minuti. Mi chiede di riportarlo davanti al cinema. Mi saluta. Vado.

Non faccio manco tre chilometri che mi viene da piangere. Sono umiliato. Sbatto le mani sul volante. Bestemmio e piango. Accosto. Le lacrime non mi fanno vedere la strada. Squilla il telefonino. Marco Natti, il mio procuratore. Non rispondo. Mi contengo. Aspetto di calmarmi. Lo richiamo. Marco è sotto casa, mi aspetta. "Cosa ci fa qui?". Normalmente è a Roma. Normalmente è a Milano. Deve parlarmi, una cosa urgente. Arrivo. Lo vedo, ha le quattro frecce accese. Parcheggio. Apro la portiera della sua Maserati. Mi siedo.

Mi arriva un cazzotto in bocca. "Che cazzo ti piglia?!", io incredulo. Marco mi guarda e non risponde. Prende il telefono e compone un numero.

"Anna Maria? Ciao bella, sono Marco... Sì, bene. Senti ho un problema... Non sto a Roma. Sto a... Nell'Emilia? Perfetto, posso raggiungerti. Ci possiamo incontrare verso le undici... Ciao tesoro, grazie, ciao". Chiude la telefonata. Con una mano mi tengo il mento dolorante. Sono pronto a saltargli addosso.

"Ascoltami bene, frocio de merda", esordisce.

Sto per ribattere ma lui si porta l'indice sulla bocca e mi zittisce.

"Sono uno dei tre procuratori più quotati sul mercato. Gestisco diciannove giocatori, sei in A e nove in B. Due sono anche in Nazionale. Ho un ragazzino, ha quattordici anni e sta per esplodere. Sarà il nuovo Baggio. Le società sanno che io porto il talento. È tredici anni che faccio questo mestiere e di quelli come te ne ho conosciuti molti".

Sto per protestare.

"Ascoltami. Ti ho seguito. Sei anche ripetitivo, potresti anche farlo di mercoledì sera o venerdì o che cazzo ne so. No, tu sempre il martedì. Ti ho seguito e lo possono fare anche altri. Non mi interessa dove infili l'uccello e cosa ci fai col tuo culo. Ma del mio di culo mi interessa e anche parecchio. Non sono disposto a giocarmelo perché tu vai a rimorchiare marchette extracomunitarie".

Altro tentativo mio di interrompere il suo monologo. Fallisce.

"Se uno di quegli stronzi di merda ti fa una foto mentre sbocchini un romeno in macchina sei finito. La cosa mi può dispiacere, ma il fatto è che poi sono finito anch'io e non te lo posso permettere. Quindi, domani incontrerai una persona che ti spiegherà come facciamo da oggi in poi e ora fammi il piacere di scendere da questa cazzo di macchina", allungandosi dal mio lato e aprendomi la portiera della macchina.

Scendo. Marco sgomma. Non faccio in tempo a chiudere la portiera. Sbatte con l'accelerazione. Frena dopo duecento metri. Si accendono gli stop. Il semaforo è rosso. Lui non lo aspetta. Ingrana la prima. Parte a tutta velocità.

Non so bene cosa sia. Se rabbia. Se vergogna. Se tutto questo che scoppia nella testa è impotenza.

Il giorno dopo, alla fine degli allenamenti una ragazza a bordocampo aspetta me. Sto per andare alle docce e lei mi ferma dolcissima, un po' languida mi allunga una mano. "Piacere Diego, sono Anna Maria, un'amica di Marco. Fai con calma, ti aspetto fuori, nel parcheggio". Mi passa un block e una penna: "Ma prima, me lo fai un autografo?".

Farmi vedere in giro con la cacciatrice di calciatori. Questa è la "soluzione" di Marco? La fan che vuole mirare al mio conto in banca. Immagino una cena noiosa in un noto ristorante. Lei ammiccante con la mano sulla mia mentre ceniamo. Usciremo dal ristorante e mi bacerà. Verrà a casa mia. Se ne andrà due ore dopo e il fotografo, pagato da Marco, con un altro amico suo reporter portato apposta per far sembrare tutto più credibile, ci tampineranno per catturare un po' di scatti.

Natti, caro Natti, questa è la tua soluzione? A questo ci arrivo anch'io. Lo faccio già.

Invece fuori, nel parcheggio, Anna Maria è un'altra persona rispetto a venti minuti prima. Con piglio manageriale mi invita a salire nella sua macchina. "Dove andiamo, chiedo?". Lei: "In un posto che ti farà bene". Ha gambe chilometriche, è sexy. Io non ho voglia di sostenere una conversazione. Arriviamo dopo una mezz'ora di silenzio a Casalecchio. Ci fermiamo davanti a un villino bianco.

"Che vuoi fare?" le chiedo allarmato. Lei bussa. "Sono io", dice al citofono. Entriamo. Un ragazzo brasiliano intorno ai vent'anni, indossa jeans Cavalli e una giacca a quadri, apre la porta e ci fa entrare. Anna Maria ci presenta: "Diego, lui è Saro" e senza tergiversare aggiunge: "Se vuoi, è un tuo amico". Impietrito io.

Anna Maria chiama un taxi. Mi mette in mano le chiavi della sua macchina. "Parlaci un po'. Quando vuoi andare via usa pure la mia macchina. Lasciala nel parcheggio dove hai lasciato la tua". Si avvicina, mi dà un bacio sulla guancia. Ne approfitta per dirmi sottovoce: "Se Saro non va bene chiamami" e mette lei stessa il suo biglietto da visita nella tasca dei miei pantaloni. "Le... chiavi? Come te le restituisco?", dico io per dire una cosa qualunque.

Lei, prima di chiudermi la porta in faccia: "Domani non hai allenamenti, hai un problema di famiglia. Marco ha avvisato il tuo allenatore. Da' a lui le chiavi della mia macchina, quando lo vedi".

Spengo la terza sigaretta. Sono ancora a letto e sono le nove. Non posso restarmene a pensare tutta la sera, sotto le lenzuola. Nel frigo c'è del salame, uno yogurt e un pezzo di formaggio comprato venti giorni fa. Mi allungo verso il comodino e prelevo il telefonino vicino al pacchetto di Marlboro.

Prendo anche un'altra sigaretta: chi se ne frega.

In questa città ci sono tentazioni. Occasioni per divertirsi. Possibilità. A Milano trovi tutto quello che vuoi trovare. Ma bisogna sapere anche chi trovare.

Anna Maria è di Torino, però si muove in molte città d'Italia.

Risponde e mi fa le feste. Le dico che sono nella capitale della moda e lei si aspettava la mia telefonata.

– Ah sì?

– Ascolta, – dice – ascolta sono impicciata. Ti posso chiamare domani mattina verso le dieci?

– Sì... Va bene...

– Ok ok. Dammi dieci minuti.

– Grazie.

Anna Maria ha capito l'urgenza. Chiudo la telefonata. Mi masturbo furiosamente. Ci metto tre minuti per venire. Mi asciugo con un lembo delle lenzuola. Mi alzo, bevo un po' d'acqua e in piedi, vicino al lavandino, il bicchiere in una mano e il telefono nell'altra, aspetto che Anna Maria mi richiami.

BARBERA
5ª giornata

Tre vittorie e due pareggi. Undici punti in classifica. Niente male, anche se ancora non ho segnato. Comincio a preoccuparmi. Ha fatto quasi tutto Michele Giardini che non c'è in questa partita. Lo sostituisce il danese Erik Vertonssen. Un pestone durante l'allenamento dell'altro ieri. Quel coglione di Michele ha calciato colpendo il tallone di Simon: trauma all'alluce destro. Tosi, il fisioterapista, si è messo subito al lavoro. Niente di che. Michele ha continuato l'allenamento con una fascia sul dito e la scarpa un po' più lenta. Però dopo Tosi lo ha visitato meglio e il nostro aggiustaossa ha ritenuto che un turno di riposo era più sicuro per il ditone di Michele.

Quando Giardini non è in campo ne risente tutta la squadra. L'anno scorso ha segnato quattordici gol in ventinove gare. Contratto che scade nel 2014, cartellino da dodici milioni di euro e ne guadagna uno e mezzo all'anno.

A Palermo non c'ero mai stato. Arriviamo col volo delle undici. Vorrei vedere qualcosa della città e invece andiamo subito in albergo. Si pranza. Due ore di riposo. Quindi allenamento leggero nel campo messo a disposizione. Si ritorna in albergo. Breve riunione. Il Mister ci dice le sue idee sulla formazione e ce la comunicherà ufficialmente sull'autobus che ci porta allo stadio. Fa una battuta sul culo della ragazza alla reception e un'altra sul sequestro dei preservativi di Simon che ne compra scatole intere senza trovare qualcuna che gliela dà.

Poi gruppo. Si sta tutti quanti insieme. Il Mister ci tiene che stiamo tutti assieme la sera prima della partita, dice che l'affiatamento nasce soprattutto fuori dal campo. Non facciamo granché, giochiamo a *Fantacalcio*, un po' con la Play. Quando ho detto a mio padre questa cosa del gruppo ha storto la bocca. "Ma quali videogiochi! L'affiatamento non si crea schiattando pulsanti o giocando a carte. L'affiatamento viene correndo sul campo. Mandandosi affanculo ogni minuto. Andando a femmine assieme. Pigliandosi a maleparole perché hai sbagliato un rigore". Mio padre ha giocato per molti anni. Anche a livelli professionistici. Non ha mai sfondato. Io sono il suo riscatto. Faccio la vita che avrebbe voluto fare lui e mi ha insegnato come comportarmi in campo e fuori. Secondo lui.

Nel momento del gruppo, se qualcuno si mette da solo a giocare con la Play il Mister dice a un altro della squadra di mettersi vicino. Non ha senso, dice, se si sta comunque da soli. Nella prima giornata di campionato, a Bologna, mi ero portato *Come Dio comanda* e mi ero messo a leggere. Il Mister si è avvicinato, mi ha fatto un cazziatone e si è portato via il libro che mi ha ridato solo in aereo, al ritorno.

Il gruppo si fa dalle sette di sera e va avanti fino alla fine della cena. Massimo si fanno le undici perché si va a letto presto. In camera niente pay-tv, altrimenti guardiamo i porno e ci eccitiamo, dice il Mister, ci masturbiamo e non rendiamo in campo.

È una grande cazzata. Ci stanno giocatori che più trombano e più rendono. C'è quel porco di Vertonssen che a volte tromba anche la mattina della partita. Piove o fa caldo o fa freddo o c'è la neve ma il danese Erik ce l'ha sempre in tiro. Per me è indifferente. Non mi piacciono i film porno. Non ho altro per la testa se non quello che devo fare in campo.

In ogni caso, anche se adesso posso dire di esserci stato a Palermo, l'unica cosa che ho visto è l'aeroporto di Punta Raisi e il *Mondello Palace Hotel*. E lo stadio Barbera, certo.

Agli armadietti Francesco Mariotto è logorroico. Parla a macchinetta, chiede e si risponde da solo, parla a tutti anche se nessuno si sta rivolgendo a lui direttamente. Parla persino con le scarpette mentre se le mette. Fa movimenti scattosi, accelerati. Lo stesso modo di muoversi che aveva tre notti fa, nella villa di Erik Vertonssen.

Mi ci ha portato proprio Mariotto, il nostro secondo portiere.

Ci apre una tipa con le tette al vento. Altre due ragazze sono sedute nude sul divano. Un'altra si struscia con Erik al centro del salone. Quando ci vede, Erik molla la tipa e ci viene incontro. Mi abbraccia. Sento la sua erezione. Erik fa alzare le due ragazze. "Quale ti piace?, regalo benvenuto a squadra". Francesco fa un inchino, alza un braccio nella direzione delle due ragazze, una specie di invito a scegliere.

L'affiatamento, certo. Scelgo Gabry, piccolina e mora. Andiamo in una cucina all'americana a prendere da bere nel frigo. Vino bianco. Apre un'anta e preleva due flûte. Ho l'impressione che Gabry sappia dove trovare i bicchieri. "Allora? Ancora qua?", dice Erik entrando in cucina. Tira fuori un piatto e lo ha mette a riscaldare. Vuoto. Lì per lì non capisco. "Che fai?". Gabry ride. Mi prende per mano, attraversiamo il salone diretti al piano di sopra. Francesco ci guarda salire le scale tutto euforico, sghignazzando, saltando con i piedi sul divano e tastando le tette di una delle ragazze: "Diego, facci vedere il tuo migliore attacco!".

In camera niente mobili. Un comodino, un grande tappeto persiano e il letto. Questo tutto l'arredamento. Gabry mi bacia, mi spoglia e anche lei resta nuda, con un flûte vuoto in mano. Verso il vino. "Cin cin e complimenti", dice allusiva. Dopo il fatto scendiamo di sotto. Sul tavolino del salotto il piatto di prima con due strisce di coca. Mariotto mi fa segno di favorire. Erik mi passa il pippotto. Dico che non mi va.

Francesco si lancia sul piatto. Erik lo ferma. "Esagerato". Tira fuori dalla tasca un mazzetto di banconote, paga Gabry e le altre ragazze e le sbatte fuori casa in malo modo.

Ho dovuto accettare il regalo. È così che funziona e deve funzionare. Non potevo dire di no. Andare a femmine insieme crea fratellanza. Ma la coca no, non mi interessa.

Le femmine, la droga: non sono le cose che voglio io.

So bene cosa voglio.

Se adesso facessero un controllo Mariotto risulterebbe positivo. Che testa di cazzo.

Una chiacchierata col massaggiatore o è lo stesso nostro procuratore a dircelo come funziona all'antidoping. Sappiamo quello che succede. Tranne casi eclatanti, le cose si mettono sempre a posto. Il Sistema calcio non collassa per le scommesse truccate, figuriamoci per una questione di droga, soprattutto se si tratta di cocaina. Se proprio serve, si sacrifica qualcuno di tanto in tanto. A quelli del ciclismo li massacrano. Per i calciatori, la protezione dall'antidoping è massima. Figli e figliastri, a seconda dello sport che si pratica.

Quella testa di cazzo di Francesco lo sa.

Solo che lui non è un fuoriclasse.

È sacrificabile, all'occorrenza.

IN CASA
6ª giornata

Gli allenamenti di martedì sono saltati. Il Mister ha riunito la squadra e ha fatto una discussione sulla professionalità, sulla responsabilità del nostro ruolo e di come comportarci nella vita di squadra e fuori dal campo, facendo tutta una serie di allusioni a proposito di vita privata. Siamo esempi, bisogna comportarsi bene. Poi, ridendo ha aggiunto: "Almeno, non fatevi scoprire". Sono certo che questo discorso il Mister l'ha fatto per il delirio di Mariotto di domenica scorsa. Non è sfuggito a nessuno il suo atteggiamento fuori luogo.

Non ho ascoltato tutto quello che ha detto il Mister. Avevo altro per la testa: l'incontro con Anna Maria.

Mercoledì. Io e Anna Maria ci incontriamo da Burger King, al Duomo. Ci sediamo fuori. Il posto è a Cusano. Una casa. Mi dà una copia delle chiavi. Mi fa vedere cinque foto. Ne scelgo una. Il giorno e l'ora dell'incontro sono tassativamente da rispettare. Non si sgarra. L'appartamento è usato anche in altre situazioni.

"Situazioni come le mie?". Anna Maria ride. "Anche, certo".

La discrezione è imprescindibile dal rapporto che abbiamo. Non devo chiedere niente di nessuno né lei mi dice niente dei suoi clienti. Non so chi siano né cosa fanno nella vita. Io vorrei chiederle solo se ci sono calciatori in quel suo "anche". Mi trattengo. Le chiedo di Saro. "È tornato in Brasile", risponde. Prima di lasciarci le do duemila euro in una busta. Di questi, cinquecento li prende lei come commissione.

Giovedì, quattro del pomeriggio. Telefono al Mister e salto l'allenamento. Un imprevisto. Devo andare dal dentista.

Il navigatore dà i numeri. L'indirizzo, non compare nelle strade trasmesse dal satellite. Meno male che sono uscito da casa con un bel po' di anticipo. Richiamo Anna Maria. Mi spiega come arrivare alla casa. Ha solo il piano terra. Un giardino davanti. Non ci sono altre case attaccate. Ne vedo una a cinquecento metri, sulla destra. A sinistra la strada fa una curva, non riesco a vedere se ci sono altre abitazioni.

Entro. Salone con angolo cottura. Arredamento Ikea. Giovanilistico. Due camere da letto. Una è minuscola. Un bagno con vasca idromassaggio. Dei sali azzurri. Bagnoschiuma al muschio bianco. Asciugamani arancione. Due accappatoi. Nel frigo c'è del vino. Una bottiglia di Absolute. Limoncello. Del Bayles. Sul tavolino del salotto una bottiglia di Lagavulin. Una di Ballantines. Una di J&B. Tutte sigillate.

Spengo le luci della casa. Vado in camera da letto. Mi spoglio. Mi tolgo tutto. Un quarto d'ora dopo sento la chiave nella serratura. È arrivato. Sa che sono qui anch'io. Avrà visto la mia macchina fuori. Non è la mia. È a noleggio. Sento che si spoglia. Entra in camera, bendato. L'ho preteso io. Non sa chi sono e non lo deve sapere. Si muove bene al buio. È già stato qui. Si infila nel letto. Cerca con le mani il mio corpo. Lo trova. Dovrebbe avere gli occhi verdi, ma con la benda non lo posso verificare. Vorrei accendere la luce sul comodino. Vorrei guardarlo. Lui si muove con mani sapienti, la sua lingua è sapiente, si muove sulle labbra, dentro la bocca cerca i miei denti, il palato, insiste sul labbro superiore. Resto con la bocca mia che cerca la sua, che tenta di avvicinarsi alla sua. Lui mi trattiene. Sento il fiato suo che mi arriva dentro la gola e si confonde col mio e mi perde, mi trova, mi lascia libero. Vorrei vederla quanto è gonfia la carne della sua lingua che assapora la mia faccia, il mio collo, ma la sua lingua scende, scende, scende fino a dove c'è il fuoco del mio inferno.

Io posso, voglio, soltanto bruciare.

Ho ancora il respiro grosso. Il sudore nudo addosso. Il tremore dell'orgasmo nelle ossa, negli occhi. Lui si alza dal letto. Di spalle, lascia cadere la benda sul pavimento. Va in bagno. Scivola l'acqua nel lavandino. Sento l'acqua della doccia subito dopo. Forse per cinque minuti.

Vorrei parlare. Dirgli una cosa, chiedergli adesso dova va, cosa fa, se gli è piaciuto. Fruscio dei pantaloni che sta indossando. Vorrei dirgli vieni un momento qua, fammi sentire che voce hai, come ti chiami. Rumore della porta che si richiude. Sento il motore della sua macchina. Il rumore che si allontana. La casa che è silenzio. Sento che se n'è andato.

Non so il suo nome. Non conosco il suono della sua voce. Non so lo sguardo. Non so un cazzo di questo qua. Anzi: giusto quello ed è solo quello che devo conoscere. Non altro. Non devo scordarmene.

Percepisco il suono delle cose intorno, come da lontano. Con un balzo salto dal letto. Ci metto un quarto d'ora a prepararmi ed esco anch'io. Sono tentato di appostarmi e vedere chi arriverà in questa casa.

Parcheggio la macchina a un chilometro. Faccio a piedi la strada, a ritroso. C'è una specie di area verde poco distante dalla casa, proprio di fronte. Mi siedo su una panchina e aspetto. Arriva una donna grassa. Ne esce meno di un'ora dopo. Ha un sacco bianco. La biancheria sporca, penso, è la donna delle pulizie.

Aspetto. Aspetto altre due ore. Si sono fatte le dieci. Non arriva nessuno. Me ne vado.

OLIMPICO
7ª giornata

Ho sempre in mano queste chiavi e in continuazione roteo il ciondolo che ho attaccato. È una piccola palla di biliardo nera, con il numero 10 scritto in bianco. Freelay, seduto sul sedile a fianco a me, mi guarda con l'aria di chi pensa: "Questo non sta bene", visto che è da più di una settimana che mi vede fare questo giochetto. Il fatto è che appena le rimetto in borsa dopo un po' le ritiro fuori, le chiavi della casa di Cusano, e comincio a pariare. Anna Maria mi ha detto di tenerle, ne ha altre copie. Per nessuna ragione le posso usare fuori dalle ore degli appuntamenti. Si fida di me.

Potrei affittare io una casa. Servono credenziali, documenti. Potrei chiedere a Anna Maria se mi fa un contratto d'affitto, se ha qualcuno a cui intestare il contratto. Ma poi dovrei giustificare questa spesa con papà.

Freelay continua a guardare il mio movimento rotatorio. Metto via le chiavi. Devo concentrarmi sulla partita.

L'autobus mi fa venire sempre un po' di nausea. Stiamo passando davanti piazza del Popolo. Roma è la città dove mi piacerebbe vivere. Possiede una buona parte della carnalità di Napoli e un bel po' della vivibilità di Milano. Un giusto compromesso geografico. Oggi, nella tribuna vip, ci sarà anche il nostro presidente con sua figlia.

– Cerchiamo di non fare figure di merda –, ribadisce il Mister.

In tribuna ci sarà anche il mio primo allenatore. L'altro ieri l'ho chiamato per salutarlo. L'ultima volta l'aveva fatto lui, non lo sentivo da agosto. Mi aveva chiamato per augurarmi in bocca al lupo per la prima partita. Questo è il secondo anno che allena una squadra di Seconda Divisione, a Roma. Gli ho riservato due biglietti. Spero ce la faccia a venire.

Ci tengo. È a Tiziano Donnini, il mio primo vero allenatore a Napoli, è al mio allenatore-mito che devo tutto questo che vivo ora.

A tredici anni, alla fine della terzultima partita di Campionato Giovanissimi, Tiziano si presentò con le mani sui fianchi, dietro di me, nello spogliatoio, mentre ero sotto la doccia.

Io stavo ascoltando due compagni questionare 'ncopp' 'e figure 'e niente fatte in scivolata da Salvatore Annunziata, il nostro energico e per la nostra età altissimo difensore centrale.

Nelle ultime quattro partite, da quando aveva spedito il centravanti della Cavese al reparto ortopedia del Cardarelli con una gamba maciullata, Salvatore era stato impreciso e approssimativo nei suoi interventi. Sempre in ritardo sull'avversario, senza lucidità, come se avesse paura di far male nel contrasto: a dirla tutta quanta, nelle ultime quattro partite Salvatore era stato davvero una grande chiavica.

Quel giorno però, nella terzultima partita di campionato, era successo ciò che a un difensore non dovrebbe mai capitare: subire un tunnel. Per un difensore equivale a un calcio nei coglioni, è tua madre puttana, è tuo padre cornuto, è tu ricchione: uno scuorno per il metro e settantotto del nostro quattordicenne centrale.

Annunziata, nel vano-doccia di fianco al mio, se ne stava lì sotto l'acqua con il sapone tra le mani e ascoltava i commenti malevoli del nostro portiere e dell'altro laterale. Mi dava l'impressione che stesse attendendo il momento opportuno per uscire dalla doccia e prendere a calci in bocca i nostri due compagni affatto preoccupati che potessimo sentire le cattiverie che stavano dicendo.

Anzi, credo parlassero a voce alta di proposito.

Sotto la doccia facevo un maldestro tentativo per consolarlo. Evidenziavo la sua grande velocità, la sua forza fisica, la casualità, il paradigma del "prima o poi capita a tutti i difensori". Insomma, cercavo in qualche modo di ripigliare la situazione.

L'allenatore, alle mie spalle, urlò il mio nome. Mi girai spaventato. Adesso mi fa uno shampoo per quello che sto dicendo ad Annunziata. Mi dirà di farmi i cazzi miei e che aver imparato a tirare due calci a un pallone non vuol dire che ci capisco di calcio. E che non sono lo psicologo della squadra. Mi aspettavo che dicesse questo. Un sacco di volte, per sfottermi, mi aveva chiamato Freud.

Donnini, fermo con le mani sui fianchi, mi guardava. Chiusi l'acqua della doccia.

"Mister?" feci io, come a voler dire: vi ascolto.

Al Mister davamo tutti del voi. A Napoli è così, si dà del voi quando uno è vecchio o quando è meritevole di rispetto.

La faccia scura di Tiziano Donnini e il suo silenzio mi fecero pensare che voleva cazziarmi per il rigore mandato sopra la traversa al 76esimo.

"Ho fatto una stronzata Mister, non dovevo tirare di sinistro".

"Sabato prossimo verrà Pierpaolo Mastroserio a vederti giocare".

Senza darmi il tempo di dire a, girò le spalle e se ne andò. Quel nome aveva ammutolito tutti. Il portiere, il laterale sinistro, i due centrocampisti. Anche quella mezza sega di Luca Moro che faceva la doccia anche se non era sceso in campo: tutti in silenzio. Solo il rumore dell'acqua che scorreva. Pierpaolo Mastroserio. Il più grande cercatore italiano. L'uomo in grado di determinare una carriera.

Sartori, il nostro Romario, venne nel mio vano doccia e riaprì l'acqua lanciando un urletto di gioia per me. L'acqua fredda – il bastardo! – mi fece scappare fuori dal box. Tutti i compagni mi si fecero intorno e mi saltarono 'ncuollo.

In quel momento, ne ero certo, avevo gli stessi capelli di Mark Lenders, il centravanti rivale di Oliver Hutton in *Holly e Benji*.

Tutti festosi intorno a me. Io ero confuso. Tutti felici per me. Diciamo per me. La verità era anche un'altra.

Se Pierpaolo Mastroserio fosse stato in tribuna a vedermi giocare, avrebbe visto anche tutti loro giocare. E chissà, qualcosa poteva accadere. Una rovesciata spettacolosa, una parata incredibile come quelle straordinarie di Benji Price, una marcatura efficace che solo Bruce Harper, un colpo di testa con sospensione in aria alla Mark Lenders, come i miei.

Il sabato successivo io feci una prestazione 'o cesso. Era la penultima partita di campionato. La nostra squadra era al terzo posto, a pari merito con quelli di Juve Stabia. Mi sentivo le gambe bloccate, non riuscivo ad aprirmi gli spazi come sapevo di solito fare, come naturalmente mi veniva. Sudavo solo a respirare, un caldo esagerato. Ogni passaggio era fuori misura. I compagni mi guardavano allibiti e cercavano intanto di mettersi in mostra il più possibile. Improbabili discese di fluidificanti terzini. Bombe di esterno destro. Di esterno sinistro. Centinaia di tunnel non riusciti. Scivolate degne di ballerini di break dance. Colpi di testa da metà campo. Salti acrobatici in elevazione che manco Mimì Ayuara con la "goccia di ciclone" in versione da piede. Insomma, a vederla dalle tribune la partita doveva essere sembrata proprio un cartone animato disegnato male.

Pure Donnini adottava il 4-4-2, una cosa complicata già di per sé, figuriamoci per dei ragazzini. Quel giorno però, in campo, di questo schema non se ne vide traccia. Le nostre punte a momenti si marcavano tra di loro. Io mi figuravo davanti agli occhi la lavagna tattica, sapevo di testa cosa fare ma puntualmente sbagliavo la posizione, mi ritrovavo davanti agli attaccanti e mai in asse, con conseguente affaticamento delle ali che non riuscivano a inserirsi. Perdemmo 5 a 1. E quell'1 era dovuto all'unico tiro diretto nella porta avversaria che aveva colpito la spalla del loro terzino destro, generando un'autorete.

Mastroserio se n'era andato a mezz'ora dalla fine. Non l'aveva nemmeno visto questo tiro.

Un disastro.

Il martedì dopo, alle 15.00, per la prima volta quell'anno eravamo tutti già sul campo pronti per l'allenamento. Cominciammo il riscaldamento da soli dieci minuti prima del solito. Il fischio del Mister attirò la nostra attenzione. Tutti sull'attenti come soldatini ascoltammo il Mister farci una carezza con la voce. Ci incoraggiò a fare del nostro meglio, ci chiese di dare il massimo per l'ultima partita, e chiese a tutta la squadra di aiutarmi a fare bella figura, perché era riuscito a convincere Mastroserio a tornare. Stavo per piangere, non lo feci perché Annunziata lo stava facendo per me.

In verità dopo la carezza il Mister ce ne disse di tutti i colori. Ci fece sentire cattivi, egoisti, poco furbi come individualisti, coglioni, ma ci disse anche che eravamo dei bravi ragazzi e che ci voleva bene. Ci spedì sul campo e per tre ore, come ricompensa per la prestazione del sabato precedente, facemmo esercizi di palleggio. Prima col destro. Poi con il sinistro. Poi con rimbalzo. Poi di coscia. Poi in alternato, di testa di coscia di piede. Da singoli. In coppia. A gruppi di tre. All'allenamento successivo del giovedì non riuscivamo nemmeno a correre. Dolori dappertutto.

L'ultima partita del Campionato Giovanissimi, se possibile, andò ancora peggio del peggio che potevamo dare.

Perdemmo 4 a 2.

Io giocai bene però. E Mastroserio era a bordocampo. Finita la partita, mi chiamò a sé abbassando la mano verso terra con un veloce gioco di polso che voleva dire: "Vieni qua mò mò".

"È andata male anche oggi", disse. Abbassai il mento e mi feci forza per non piangere.

Da adolescente mi veniva spesso da piangere, ma sono sempre riuscito a trattenermi. Più che altro, mio padre mi avrebbe scuscinato di mazzate se lo avessi fatto. Nella mia mente si era stampato a fuoco quella volta che avevo sette anni e il chupa-chups mi cadde dalle mani e mi misi a frignare. Lui mi ammollò un ceffone fortissimo: "Così mò la tieni la ragione per piangere", aggiunse.

Invece Mastroserio, sollevandomi la faccia con due dita, guardandomi dritto negli occhi disse: "Sono rimasto folgorato dalla tua agilità. Sei leggero. Hai testa. Grande dribbling, molto elastico. Sempre pulito. Se uno è bravo lo capisci alla fine del campionato, quando è stanco. Quando può fare affidamento sulla tecnica, sul ragionamento. Bravo Di Martino!".

Non svenni per un soffio. Intanto mio padre ci aveva raggiunti e aveva ascoltato la fine del discorso di Mastroserio. Si lanciò addosso al cercatore abbracciandolo e baciandolo più volte. Mastroserio si scollò a fatica da quella piovra strafelice di mio padre e se ne andò dandoci un appuntamento per il giorno dopo. Per festeggiare, papà si diresse alla sua macchina di corsa ed entrò direttamente con il SUV sul terreno di gioco dove, inebetito, ero rimasto seduto. Cioè, nel punto esatto in cui Mastroserio aveva calpestato l'erba.

Due giorni dopo avevo un procuratore che prendeva accordi con Mastroserio. Una specie di opzione carbonara. Non si doveva sapere nulla: io non avevo ancora compiuto quattordici anni.

Il mio procuratore strappò un sacco di soldi. In realtà non era tanto una questione di soldi. Mio padre aveva già rifiutato un'offerta, qualche anno prima. La cosa più importante, sia per me sia per mio padre, era che Mastroserio poteva davvero farmi diventare un grande professionista, un grande campione.

Donnini era presente all'incontro. A contratto firmato, strinse la mano di Mastroserio, di mio padre e poi, commosso, mi abbracciò.

Il primo tempo è finito 0 a 0. C'è un timore reverenziale reciproco. La Roma quest'anno va forte. Per l'occasione, il Mister ha arretrato me. Mi ha messo in linea con Frears. Freelay è schierato con Careddu e Simon, davanti ai difensori. Ha lasciato solo Giardini come punta pura, un 4-3-2-1 difensivo. Evidentemente, conta molto sul guizzo di Michele. La tattica è quella di proteggersi.

Durante l'intervallo ho pensato che il Mister cambiasse schema. La Roma non mi è sembrata poi così tanto aggressiva.

Invece, tutto uguale.

Rientrando in campo per il secondo tempo, allungo lo sguardo nella tribuna vip. Tiziano Donnini è lì, arrivato in ritardo ma c'è. Da lontano alzo una mano nella sua direzione, sperando che mi veda e capisca che il saluto è per lui.

Sono contento che sia riuscito a venire.

Questo secondo tempo voglio giocarlo al meglio che posso.

ARTEMIO FRANCHI
9ª giornata

Ho mangiato tardi anche stavolta. Mi sento tutto sullo stomaco. Non mi abituerò mai, non c'è niente da fare. Quando giochiamo a orario regolare io, alle undici e mezza, come fanno gli altri, proprio non ce la faccio a fare pranzo. Non ho fame .

In trasferta a Firenze. La prima cosa che faccio appena scendo dall'autobus è vedere il campo. Mio padre mi ha insegnato che l'erba la devi toccare, devi imparare l'erba del campo con le dita, togliere le scarpe, i calzini e camminarci sul campo, fare una decina di passi a piedi nudi e capire in che stato sta, e poi mettere la faccia a terra e sentire l'odore che c'è, e farti il segno di croce che male non fa. Papà addirittura se la mozzicava l'erba, se ne metteva un po' in bocca perché doveva sentirne anche il sapore. Ma mò non è più come prima, in certi posti il manto è messo apposta. È ancora presto, c'è poca gente sugli spalti. Applaudono quando entriamo io e Michele nello stadio ancora vestiti con la divisa sociale. Io, per la verità, me la eviterei. Ma non si può. Siamo parte di una grande azienda, un minimo di formalità va tenuta.

Dopo il rito del campo, vado nello spogliatoio.

Ognuno di noi trova nell'armadietto tutto quello che gli serve. La maglia, i parastinchi, le scarpe... Mi metto in tuta e mi faccio fare un massaggio da Tosi alla coscia sinistra, quella struppiata anni fa. Lo faccio non perché mi serva. È un fatto di scaramanzia. Dopo, mi vado a mettere nella sala degli attrezzi. Molti spogliatoi ce l'hanno. A Firenze c'è. Faccio qualche esercizio per sciogliere le gambe. Quasi tutti ci mettiamo le cuffie, ascoltiamo la musica mentre facciamo gli esercizi. È un momento per stare da soli, per concentrarsi sulla partita. Ma anche per non avere rotture di cazzo da quelli di Sky. Non siamo contenti di avere 'sta gente nello spogliatoio. Prima non ci poteva entrare nessuno. Era meglio, era rispettato il terreno nostro sacro.

Un'ora prima di cominciare ci mettiamo le pettorine e facciamo palleggi, corse, saltelli sul posto. I portieri no, si fanno i loro esercizi che gli allenatori specifici del loro ruolo hanno studiato. Pure i guardalinee e l'arbitro si mettono in moto.

Tutti assieme così, prima della partita.

Questo è il momento in cui Baldini e Mariotto diventano un unico portiere e fanno esercizi per la schiena, allungamenti, stretching. I centravanti si tirano i piedi. Simon chiede a Frears "Come va la caviglia?", Giardini e Vertonssen palleggiano di testa, "Erik, prova da sinistra", gli consiglia Michele. Cannavacciuolo e Alfieri si fanno sponda di schiena l'uno l'altro e piegano le ginocchia fino a sotto il mento. Anche il Mister se ne sta col suo secondo nel suo angolo, nello stanzino deputato all'allenatore, e si fanno gli ultimi ragionamenti.

Tutti assieme così, prima della partita, siamo una cosa sola.

È difficile dire cosa ognuno di noi sente. Ogni volta che provo a spiegare a qualcuno cosa succede in questi minuti non ci riesco. Solo un altro giocatore può capire cos'è questo momento. È un esercito piccolo e compatto che si prepara alla battaglia. E ognuno di questo piccolo battaglione si farebbe ammazzare per l'altro e l'altro lo sa che è così.

A riscaldamento finito rientriamo per cambiarci e per l'appello che l'arbitro fa per ogni formazione. La distinta delle squadre, titolari e panchina, una volta arrivata all'arbitro non può essere più cambiata. Se nell'elenco non ci sei, non puoi entrare all'ultimo momento. Anche perché ci stanno i controlli di conformità. Come se poi, sotto ai pantaloncini, uno decide di mettersi il perizoma o, che so, va sul campo con le scarpette tacco nove.

Oggi la nostra formazione è questa:

Baldini

Cannavacciuolo   Alfieri   Milton   Ben Omar

Frears   Simon   Careddu   Freelay

Giardini   Di Martino

In panchina, a disposizione:

Mariotto, Vertonssen, Simonetti, Piccardi, Lion, Stromberg, Di Leo.

Ore 14.28. Scambio di gagliardetti. Lancio della moneta per il campo: si comincia.

L'intelaiatura offensiva dei viola è efficace, agile. Ma oggi la nostra difesa è da Nazionale. Con Mezzani, il nostro centrale a letto con l'influenza, è Alfieri che gioca come titolare dal primo minuto. E sta giocando da padreterno. Per il tridente viola non c'è storia, marcatissimi, e quindi la partita è un po' noiosa, molto tecnica.

All'88esimo del secondo tempo siamo tutti convinti, in campo e fuori, che finisce in parità.

Una svirgolata di Careddu arriva a Freelay che raccoglie, infila il corridoio mio, apre uno spazio a sinistra, ricevo e galoppo sulla fascia, salto il centrale, evito il loro terzino destro con una finta accelerazione sul fondo, sto solo davanti al portiere al limite della sua area, valuto il suo tentativo in extremis di chiudermi lo specchio, rasoterra diagonale, la palla si infila nell'angolo opposto della porta e rete!

Non ci credo! Il mio primo gol in serie A! Gol! Gol! Gol! Devo fare qualcosa, un gesto. Il ciucciotto? Eh, buonanotte! Giro della bandierina? Non è da italiano. Qualcosa con le orecchie? Già fatto. La capriola? Chi la sa fare! Non lo so non lo so non lo so: che gesto posso fare? È un attimo. Non riesco nemmeno a correre verso la zona dei nostri tifosi. Li vedo con le mani tese verso di me. Mi accascio. Bacio la terra. I compagni mi sono addosso. La stessa emozione da quando avevo cinque anni, sempre identica ogni volta che ho segnato. È una gioia senza tempo che mi prende.

– Hai visto, cazzone? Che te stavi a preoccupà che nun segnavi mai! – mi urla nell'orecchio Giardini, il primo che mi è zompato addosso e che ora mi sta schiacciando il suo idrante sulla schiena.

Una montagna di gente sopra a me. L'arbitro fa segno che dobbiamo muoverci. Ci rialziamo. Guadagniamo posizione. Palla al centro. Due minuti di recupero, segnala il quarto uomo.

Noi asserragliati nella nostra metacampo. Tutti a difendere. Affondo del centravanti viola Marchesi, siamo in tre dalla mia parte. Tira da fuori una sberla potente. Baldini compie un miracolo: vola, vola fino ad arrivare con la punta delle dita a deviare in calcio d'angolo.

Porca sozza!

Manca un minuto. Resistere. Il raccattapalle stacca una corsa da centrometrista e va a posizionare lui stesso il pallone vicino alla bandierina da dove verrà calciato il corner.

Stefano Baldini gli manda un bestemmione e un vaffanculo in marchigiano. Lo sento io al primo palo, lo sentono tutti e anche il raccattapalle che ci resta un po' male e allarga le braccia come a dire: "Io tifo Fiorentina, che vuoi?". Anche l'arbitro ha sentito. Ci sarebbero gli estremi per un'ammonizione: comportamento antisportivo. Fa finta di niente e fischia la ripresa del gioco. Se ci fosse stato Mastino di Bergamo lo avrebbe punito. Fortuna che questo arbitro qua non è a sfavore.

Calcio d'angolo battuto. Alfieri spazza via come può. Giardini raccoglie di testa, dribbla un avversario e porta a spasso la palla per una manciata di secondi. Un po' di melina con Careddu e Freelay, pressing tosto dei maledetti che non ci stanno a perdere e arriva il fischio finale.

Abbiamo vinto. Ho segnato io! Vado ad abbracciare Freelay.

– Grazie! Grazie guagliò.

– Grande! – rispondendo al mio abbraccio. Mi bacia sulla bocca. Lo fa spesso anche a Giardini quando segna. Mi mette un braccio intorno alle spalle e poi lo fa scendere giù e mi mette due dita nel culo. È un pazzo.

Dietro la nostra porta, intanto, vedo il nostro portiere a torso nudo. Dà la sua maglietta al raccattapalle di prima. A mani giunte gli dice qualcosa, gli fa una carezza sulla faccia, si danno una stretta di mano. Probabilmente Baldini si sta scusando per quello che gli ha urlato prima. L'arbitro vede la scena da lontano e alza il pollice verso l'alto in segno di approvazione. Baldini fa una risatina. Alza la mano come per scusarsi anche con l'arbitro che, in pratica, gli sta dicendo: "Vedi che ti ho graziato prima e lo apprezzo il gesto che hai fatto adesso".

Non guardo mai la *Domenica sportiva*, né altri programmi di calcio. Gli opinionisti dicono un mare di stronzate e spesso non ci capiscono un cazzo. Stasera, tornato a casa, mi vedo la cronaca delle partite. Voglio sapere che dicono del mio gol.

Intervista al Mister che elogia il mio tempismo e l'abilità di aver capito esattamente la cosa giusta da fare in quel momento. Dice che mi sto adattando alla squadra, è poco tempo che lavoriamo insieme ma è certo che sono un attaccante fondamentale per finalizzare il gioco che lui ha in testa.

I commentatori, in studio, approvano e condividono l'opinione del Mister, anche se non mancano di notare che questo è il mio primo gol su 9 partite. Un po' pochino per un attaccante. Il Mister mi difende, parla anche del mio lavoro a centrocampo, anche della bella prova con la Roma, quando mi ha arretrato.

In studio c'è anche Michael Feemors, un omone gallese di novanta chili e ignorante come una capra. Litigioso con tutti. Una bestia. Da tre anni gioca in Italia e ancora non riesce a spiccicare due parole in croce che siano due. Non capisco come mai l'abbiano invitato. Non lo vuole mai nessuno.

La bionda conduttrice gli chiede cosa pensa di me come giocatore.

"Lo trovo leinto e non seigna. Oggi ha avouto fortuna. Se sarei suo allenatoure, peir me già valigia pronta e mandauto a casa". Fa anche il segno con la mano, a dire che mi avrebbe già buttato fuori dai titolari. Almeno credo voglia dire questo. Ci vuole la stele di Rosetta per capirlo!

Che pezzo di merda. Vedremo nell'ultima del girone di andata, quando incontrerò la tua squadra, vedremo chi deve tornarsene a casa. Che stronzo.

IN CASA
10ª giornata

Ogni momento libero sto con lui, appena posso. Sana la mia febbre, l'ha sanata due, cinque, sette volte. Dieci volte in un mese. Ho speso 20.000 euro. Ho dovuto giustificarmi con mio padre che controlla i movimenti del mio conto corrente. "Che cazzo ci hai fatto con tutti 'sti sordi?", ha urlato come un pazzo al telefono. Massaggi speciali per la schiena. Mi ha chiesto le fatture. Non me le sono fatte dare ancora, la mia scusa. Si è incazzato comme a che. Vorrei che si facesse i fatti suoi, vorrei non sentirmi controllato. Ma è sempre stato così, si è visto lui tutte le questioni che riguardavano i soldi. Non ho il coraggio di dirgli che non mi va più questo fatto, sarebbe per lui un'offesa a morte.

Da ieri basta con la casa a Cusano. Ieri basta febbre nelle mutande. Ieri casa mia. Ieri niente soldi: non li ha voluti. Ieri soltanto noi, io e lui. Vittorio: si chiama Vittorio.

– Andiamo?

Chiede John Freelay.

Finalmente. Non ne potevo più.

– Ci penso io al conto.

– Perché?

– Festeggiamo il mio primo gol. E poi, è stato tuo l'assist.

Rispondo automaticamente a John. Come se mi guardassi da fuori, un altro me, mi vedo seduto al tavolo ad ascoltare le minchiate di questi qua. È il prezzo da pagare per stare con Vittorio quante volte voglio, il teatrino che Marco mi ha imposto.

Almeno una volta a settimana devo essere questo qua seduto al tavolo, in compagnia di una ragazza e con un compagno di squadra, preferibilmente. Funziona da testimone.

Freelay è quello che mi piace di più di tutti. Non fa domande, è sempre distratto e non se ne fotte di niente e di nessuno. Pensa solo alla fessa e a chi gliela dà, alla discoteca, alle sopracciglia e ai compagni di squadra. Non conosce altro. Non si chiede se c'è altro. Non lo sa.

Usciamo dal ristorante *La taverna degli Amici*, in via Spartaco. Siamo venuti con la mia macchina. Gaia continua a parlare, si sposta i capelli a destra, poi a sinistra, poi ancora a destra. Non sento tutte le parole che dice. Sorrido come un ebete. John e la sua ragazza Micol si strusciano per strada. Stiamo andando a recuperare la macchina. Ci sono due fotografi di "Chi", amici di Natti. Lui stesso mi ha rifilato questa bionda slavata senza un briciolo di ironia, reclutata all'agenzia di Lello, quello che ci affitta le ragazze per accompagnarci.

Bella è bella. Anche intelligente. In realtà Gaia la conosco bene, perché è anche una tifosa sfegatata. Non perde una partita dei verdenero seduta lì in mezzo agli ultras della curva. Ci capisce di calcio, di moduli, di tattica, sa valutare le potenzialità di un terzino sinistro e sa individuare le caratteristiche fisiche migliori di un centrale. So anche che ha un debole per me. Lo sanno tutti. Quindi, è una preda facile. Facilissima. È una uallera, però. Quando smette di parlare di calcio parla della sua carriera e della sua agenzia, delle sue cene dal presidente della nostra società e con gente della politica, della televisione, industriali. In pratica, è una troia. Anzi, si dice escort.

Io e Gaia camminiamo sottobraccio. Dietro di noi, John sta baciando Micol che ride anche quando non c'è nulla da ridere. Gaia mi chiede se va tutto bene. Non ho voglia di parlare. Imito Freelay e la bacio.

Due flash. Faccio finta di incazzarmi. Faccio per andare verso i fotografi. Gaia, come da copione, mi afferra per un braccio e dice "Lascia perdere" con la faccia compiaciuta.

Accompagno Freelay e la sua ragazza. Mi porto Gaia a casa. Scopiamo. Un'ora e mezza, due. Gaia, dopo nel letto, si dà arie di donna sfatta e soddisfatta. Sa quello che piace agli uomini, sentirsi grandi amatori, pistoni bravi a stantuffare. Mi fa i complimenti. Mi è capitato altre volte. Non penso stia mentendo, ora. Ma chi può dirlo? Poi la riaccompagno. Abita a Lissone.

Sulla strada verso casa chiamo Vittorio. Ieri niente benda. Ieri il suo nome. Ieri il mio nome. Sa bene adesso chi sono. Ieri tutta la notte a casa mia. Ieri niente sesso. Ieri parlato. È uno sportivo. Anche lui. Un tennista classificato ed è vero, ha gli occhi verdi come il mare a Stintino.

– Disturbo?

– Ciao... Sto lavorando.

– Lavorando lavorando?

– Non ancora "lavorando". Quasi.

– Speravo fossi libero stasera.

Dall'altro lato silenzio. Troppo.

– Diego, sei una bella persona e ieri è stato bello. Ma sei un lavoro. Scusa la franchezza. Spero che apprezzi.

Mi sono sempre chiesto come fanno certe persone ad avere tanto talento nel riuscire a metterti a distanza con tre parole. Nel tono di Vittorio non c'è la complicità di ieri, nessuna tenerezza, nemmeno un tiepido calore dei bollenti abbracci della notte scorsa. La sua voce è cortese, ma la sua voce non ride. La sua mano pare tesa, ma non è dentro la mia.

– Chiamami domani e prendiamo appuntamento.

Aggiunge.

– Certo...

– Ci sei rimasto male. Mi dispiace.

– Figurati.

– Sono vero con te. Non mi va di trattarti come un cliente qualunque. Ma sei un cliente, Diego.

– Sì sì, lo so, ho capito.

– Mi chiami domani?

– Sì.

Chiudo la telefonata. Vittorio non è diverso da Gaia. Vittorio lo fa solo per soldi. Gaia, oltre ai soldi, vuole trovare l'aggancio giusto per la tv e diventare famosa. Vuole fare la presentatrice. Anche un *Grande Fratello* andrebbe bene. Per cominciare, dice. Vittorio ha una compagna che non sa nulla della sua attività. Gaia ha un ragazzo, fa il modello per Armani, sa il mestiere che fa e non gliene importa. In fondo, lui ha da fare con gli stilisti e con l'ex campione del mondo, il dirigente che lo piglia venti volte a settimana come se il culo non fosse il suo.

Sulla strada di casa mi sale lo sconforto. Accelero. Sulla strada verso casa è solitudine quella che mi vedo nello specchietto retrovisore. Accelero di più. Mi viene voglia di non farla la curva. La prendo a cento all'ora e invece rallento. Accosto. In tempo per aprire lo sportello e vomitare. Prendere un po' d'aria. Respirare la nebbia che c'è. Una sigaretta. Pensare a un'altra cazzata. Averla fatta, un'altra. Grossa.

Sono panico. Mi cresce in corpo un po' alla volta. Sono ansia. Paura. Chiamo Marco. Mi risponde nel sonno. Mi manda affanculo con voce addormentata.

– Diego... Mortacci tua... Sono le due di notte...

– Marco scusa.

Devo avere il tono che ha un gatto sulla tangenziale nell'ora di punta, un miao di gatto schiattato da una Punto a cento all'ora. Marco resuscita in fretta.

– Diego che è successo?

– Sì.

La mia voce è quella del gatto.

Il guardalinee alza la bandierina per indicare che sono fuori gioco. Fuori dal gioco della mia vita. Se avessi un po' di coraggio riuscirei a piangere. Ma mio padre sta dietro le mie spalle, sta davanti a me, sta con la mano pronta, sta con la mano tesa, sta incazzato e mi dà una cinquina a stampo.

– Dove sei?

– Sono... Aspetta... Sono...

– Diego?

– Non lo so... Guardo il navigatore...

– Gaia?

– L'ho riaccompagnata a casa.

– Ma ndò stai!?

– Viale Lombardia. La strada da Lissone a Milano. Viale Lombardia... incrocio con... con viale Campania...

– San Fruttuoso. Arrivo in un quarto d'ora. Non muoverti da lì!

La nebbia arriva in testa. Appoggio il telefono sull'altro sedile. Non lo voglio più vedere a Vittorio. Non ci voglio più scopare. Ho fatto una cazzata, un'altra volta. Non dovevo portarmelo a casa. Non dovevo dirgli niente. Non dovevo parlargli tutta la notte di cosa voglio, cosa cerco di un uomo, quello che voglio fare quando smetto di giocare. Non dovevo ridere con lui. Non lo dovevo pensare che poteva esserci un fatto, una cosa tra di noi. Non dovevo fare niente.

Quanta nebbia. Non vedo una mazza. Scende nello stomaco, scorre nelle braccia, arriva giù nei miei piedi milionari.

"Sei un lavoro".

Il calcio è un sistema. Io sono un attaccante, un forte centravanti, una punta, sono un campione, sono un regista totale e non posso, non sono omosessuale. Avevo pensato che Vittorio ci tenesse a me, che avessimo fatto un patto io e lui.

Che a tutti questi stronzi dei presidenti di società, dei verde-nero, dei dirigenti, dei colleghi, dei procuratori, degli arbitri, dei tifosi, dei giornalisti, a tutti questi qua, li avremmo presi per culo, fottuti alla grande. Io, Diego Di Martino, una storia tutta mia e nessuno sapeva niente. Io e Vittorio.

"Diego, sei un lavoro".

Ma questa nebbia... Risalgono le cose e vomito un fatto verde. Guardo la strada e non si vede niente. Sto in un posto che non so e guardo dentro più che posso in questo qualcosa grigio. Non è il mondo questo qua intorno a me e quello laggiù, mi pare mio padre. Ho bevuto troppo. Avrò sì e no buttato giù due bicchieri di Falanghina. Come sfaccimma è densa questa nebbia, chi è quello? Non è mio padre. Sono le macchie di nebbia scura che fanno figure nel grigio. Chiudo la portiera, abbasso il sedile e mi stendo. Un'altra sigaretta. L'iPhone vibra sul sedile a fianco. Vorrei farlo, ma non riesco a muovere le braccia, a rispondere. "La prossima macchina che passa buttati sotto". Una voce dice nella mia testa. Questa è l'ultima notte del mondo. Io l'ultimo uomo sulla terra, il grande campione Diego Di Martino che non ha squadra dove giocare. Non ci sono avversari né fuoco nemico né amico né donne né uomini né gatti e non ci sono nemmeno insetti e le formiche sono tutte morte, estinte.

Il freddo entra in macchina e l'iPhone vibra. La nebbia di fine ottobre mi nasconde nello stadio e ai compagni di squadra e ai giornalisti e a papà. Portiera per la terza volta si apre, vomitare, non riesco, non mi è rimasto niente nello stomaco.

Dove stai, Vittorio? Co' 'sta maronna 'nebbia non vedo niente. "Spero apprezzerai la franchezza". Due occhi lontani, due spilli bucano il grigio. Sogno gli occhi verdi tuoi? Aspe', mò scendo dalla macchina, scendo ti vengo incontro, arrivo eh, ti vengo a cercare, una frenata, mi piego sul cofano bollente, un uomo e una donna scendono dall'auto.

– Che cazzo stai a fa'?

Marco. La riconosco come se me la stessi ricordando la sua voce, cioè. Cioè, c'è un altro uomo sulla terra? E anche una donna. Ma non me ne fotte niente di lei.

– Che te sei fatto?

Marco mi alza dal cofano e io lo tocco. Grazie, grazie che sei qui. Mi viene un dubbio, ma ti ha mandato papà? Ma no è a Napoli. Vuoi vedere che ti ha mandato Vittorio? No, sta lavorando, stanotte non so' io il suo lavoro. Gli butto le braccia al collo a Marco, voglio baciarlo. Uno schiaffo.

– Fuori come una zucchina, ha bevuto –, dice la voce.

Vorrei dire che non ho bevuto, ma non ce la faccio nemmeno a reggermi in piedi.

– Vai a casa Sara, torno con lui.

La femmina: – Sei sicuro, Marco? Non è meglio portarlo in ospedale?

Il maschio: – Quale ospedale! Vai!

La femmina: – Non sei suo padre! – incazzata la femmina.

– E vaffanculo te e questi quattro stronzi viziati! – dice incazzata la femmina.

– Ti aspetto a casa –, dice incazzata ancora la femmina.

– Imbecille... –, finisce la femmina.

Mette in moto. Fa inversione la femmina e se ne va con una mano davanti e una di dietro, incazzata. Allora è veramente Marco il maschio e la femmina è Sara, la sua femmina, sì.

Il maschio mi mette in macchina.

Stiamo tornando da una partita di Champion, abbiamo vinto e io sono stordito dalla vittoria e dallo champagne bevuto. Ho segnato due reti e ho regalato la Coppa Campioni alla mia squadra e sono troppo ubriaco. No?

No. Non è così.

Un po' alla volta, a ogni chilometro che Marco fa per arrivare a piazza Cordusio, torno da non so quale nebbia. Da quale grigio.

– Come stai? Meglio?

Me lo chiede con tenerezza.

Non riesco a capire bene cosa è successo. Un cortocircuito? Una diga rotta dall'acqua grossa. Ora tutto è calmo. L'acqua ha dappertutto lo stesso livello. La faccia di mio padre mi fa sparire la coscienza, mi scoppia lo sguardo per un secondo.

– Penzo ca sì....

Rispondendo nella mia lingua. Distinguo i contorni della piazza e vedo nuovo, come se non avessi usato la vista finora. Come se ci fosse stata una notte di paura e un giorno arrivato a farmi più chiare tutte le cose.

– Ho detto a Vittorio chi sono.

– Lo sapeva già.

– Non parlo del nome. Me lo sono portato a casa. Ieri notte, tutta la notte insieme.

Marco fa un'espressione di disappunto.

– Te serve un po' de latte pe' smaltì. Facciamo colazione... Ce la fai?

Entriamo nel bar. Sono mezzo vuoto e mezzo pieno. Bevo il mio caffellatte in silenzio e poi ce ne torniamo in macchina.

– Non ce la faccio Marco, così non ce la faccio.

Marco guarda il volante davanti e lo stringe a due mani. Io ho in testa un cruciverba zitto di parole. Definizione del mio 3 orizzontale: *Così non ce la faccio*, 5 lettere. La soluzione: *muori*. Marco mi lascerà, se ne andrà. Sono un pericolo. Una cosa sbagliata. Un bordello. Faccio fare le figure di merda. Marco Natti ha un giocatore ricchione. Non sia mai. Marco adesso aprirà lo sportello. Scenderà dalla macchina. Se ne andrà.

Invece, stacca le mani dal volante e mi abbraccia. Non lo ha mai fatto in tre anni. Mi stringe forte. Gli suona il telefono. Si stacca. Guarda il display. Sara. Non risponde.

– Ti devo dire una cosa. Conosci Feemors?

Mi spiazza questa domanda.

– Sì... Due settimane fa ha parlato male di me alla *Domenica sportiva*.

– Te invita a 'na cena sua.

Parlamme e nun ce capimme. Un detto dalle mie parti.

– Quale cena?

– Ce ne sono più di quelli che te credi. Ce sta 'na specie de gruppo. Chiuso, riservato. Insomma, gente che glie piace quello che piace a te, è una specie de rete.

– Una che?!

– Che te urli? So' tutti carciatori froci bisessuali rottinculo. E scusa er francese. Non è pe' tromba'. Se parla', ve dite le cosette vostre tra de voi.

– Le "cosette"? Che troiata stai dicendo? Mi fai schifo quando parli così.

– Regazzì, modera li termini. Non è facile esse' dentro. Questi lo sanno de te. Chi credi m'abbia fatto la soffiata quanno stavi a Cesena? Devono sta' attenti, niente teste 'nfocate, niente gente che mette in imbarazzo er gruppo, niente gente che vò riflettori. Noi procuratori, non tutti, lo sappiamo de questi. Sto in contatto con Feemors da prima che arrivassi qua. Io ce tengo a te, hai capito? Devi vedé de star bene, conviene a tutte e due.

– Marco, come no. Ti amo anch'io.

– Feemors mi ha telefonato du' ggiorni fa, te inviterà la prossima settimana. Te chiamerà. C'ha er numero tuo TIM.

– Di che cazzo stai parlando? Che gli dico a questo? Non sa manco l'italiano.

– Fidate, lo vedrai.

– Vaffanculo.

Sto per scendere dalla macchina. Lui mi trattiene per un braccio. Da come mi sta guardando pare veramente che ci tiene a me. Sicuro mi sbaglio. Natti di me non se ne fotte proprio, pensa ai soldi. Sto scombussolato, non ci capisco niente. Glielo domando.

– Perché fai questo?

– Non ti illudere, frocio de merda. Te lo dissi già 'na vorta: c'ho una reputazione e con te ce faccio li sòrdi. Se cadi tu finisce la festa pure pe' me.

Lo dice ridendo. Sincero. C'è dell'affetto quando dice frocio de merda.

– Gli spalti vogliono così. I dirigenti pure, pe' carità, ma so' soprattutto i tifosi che vogliono così. Li puoi insultare e ti ameranno. Ti puoi drogare, fare orge, tradire tua moglie e loro ti ameranno sempre per quello che sai fare sul campo. Ma puoi essere pure Maradona: se sei frocio non te ameranno più.

– Ti accompagno? – gli chiedo.

– No, ti accompagno io a casa e poi me prendo un taxi... Una cosa, però.

– Che?

– Se te permetti de baciarme 'n'artra vorta ti inculo a passo de cammello!

Se la ride. Poi ferma la risata.

– Meglio de no, che te piace!

Mi mette una mano dietro al collo e fa la mossa di portarmi la testa sopra il suo pesce, a fare il cretino.

– Statti fermo, ja. Po' finisce ca te piace cchiù a te che a me.

– Te porto a casa. Sara starà cor fucile ad aspettamme. Corpa tua se me spara, sappilo!

– Chi sono questi? Che fanno? Si vedono dove? Parlano di cosa? Di marchettari? Ci si chiava a turno?

– None! Ma non te fa piacere stare insieme a gente che te somiglia? Ce se so' trovati prima de te, sanno quello che se passa. Incontrali, poi se nun te piace non li vedi più. Che te costa? Peggio de così nun pò annà.

Ha ragione. Peggio di così cosa c'è?

BENTEGODI
11ª giornata

È la seconda volta che l'allenamento del giovedì il Mister lo fa diventare la partitella titolari contro riserve.

Dal primo minuto Sandrone Alfieri ha puntato alle mie gambe senza manco nasconderlo più di tanto. Aggressivo e competitivo. Le riserve vogliono fare bella figura, certo. Sarà stato questo, la voglia di farsi notare, ma Alfieri in un quarto d'ora mi ha atterrato quattro volte.

Dopo il fatto della gamba rotta divento nervoso quando un difensore ha lo stile macellaio. Mi impaurisco, se insiste, e gioco male. A un certo punto gli ho detto: "Guagliò, cuoncio cuoncio", un modo del mio dialetto per dire vacci piano. Manco tre minuti dopo, stava per atterrarmi la quinta volta. Gli ho dato una gomitata allo sterno, si è accasciato al limite dell'area. Non forte, una cosa di mestiere, ho proseguito e ho segnato.

A dire la verità ho colpito male la palla, di collo ma senza potenza, da fuori area: m'è uscito una ciofeca di tiro. Francesco Mariotto, secondo portiere e primo testa di cazzo di tutta la squadra, mi fa l'occhiolino. M'ha fatto segnare apposta. Ne ho la certezza quando Stefano Baldini dall'altra porta gli urla: "Francesco! Questa la prendevi anche con un braccio solo!".

Mariotto l'ha fatto per darmi fiducia, credo. Non per altro. Sandrone è rimasto a terra. Ha fatto un po' la scena.

L'allenatore mi ha preso a male parole. "Cazzo, mi sta massacrando da venti minuti, Mister. Non l'ha visto?". Sono andato da Sandrone allungandogli un braccio per aiutarlo a rialzarsi. Mi ha violentemente sbattuto via la mano: "Tua madre è una grandissima ciucciaminchia".

Sono volati insulti e qualche spintone. A un certo punto gli ho messo le mani al collo e lui, con una sola sua manata, le ha spazzate via tutte e due come mosche.

Sandrone è un colosso rispetto a me e ha dieci anni in più. Mi ha afferrato la pettorina e me l'ha strappata. Ci è passato con i tacchetti sopra come se stesse scamazzando me in persona. Il Mister ci ha spediti alle docce e si è incazzato come poche cose al mondo. "Ragazzini, questo siete. Due ragazzini!", ha urlato.

Io e Sandrone abbiamo continuato nello spogliatoio. Il team manager e il massaggiatore ci sono venuti dietro. Alfieri continuava a insultarmi. "Chi cazzo credi di essere?" urlava, "il talento di questo cazzo!" urlava puntandomi il dito contro, "non ti è concesso tutto, bimbominkia!, non puoi avere tutto!". Mi ha messo un dito sulla faccia e me l'ha girata di 90 gradi. Mi è salito il sangue in testa, è partito il mio braccio senza controllo, gli ho spaccato la bocca con una manata che lo ha scaraventato in faccia al muro. Non so come ho fatto, rispetto a lui sono alto un metro e una Vigorsol in piedi. Il medico sociale e il massaggiatore mi hanno afferrato e immobilizzato. Il preparatore atletico e il massaggiatore in seconda trattenevano Sandrone come potevano. Il team manager continuava a dire "Finitela!". Se non ci fossero stati loro ce le saremmo date senza pietà. Probabile avrei abbuscato io, avrei preso tante di quelle palate da Sandrone che la metà mi bastavano per tutta la vita. Le urla hanno attirato i compagni e il Mister. "Non mi devi rompere i coglioni, hai capito?! Sta' attento Di Martino, devi stare molto attento con me!".

Non capivo cosa diamine avesse potuto scatenare questa sua reazione. "Ricoverati, bello! Fatti vedere da un bravo veterinario. Ma bravo, eh!" urlavo per contro io. Il Mister è intervenuto con gli occhi rossi. "Deferiti! Tutti e due!".

Dopo tre giorni ancora non ho capito che gli è preso, non so proprio cosa cazzo gli è passato per la mente. Nell'autobus che ci sta portando allo stadio mi avvicino.

– Posso sedermi vicino a te o mi meni?

Lui non risponde subito.

– Meglio di no... Sì dai, siediti.

– Senti...

– Scusami. L'ho detto anche al Mister e al Presidente. È tutta colpa mia. Tu non hai fatto nulla. Non hai alcuna responsabilità. Mi dispiace. Sono fuori forma, stressato e in questo periodo non me ne va bene una. Ti prego di scusarmi.

– Figurati... Posso sapere però cosa è successo? Perché ce la tieni con me? Ho fatto qualcosa? Se è così, ti garantisco che non l'ho fatto apposta.

Sandrone Alfieri guarda fuori dal finestrino e pare che il fatto non è il suo. Appoggia una mano sul mio braccio.

– Non hai fatto niente. Scusami ancora.

Non lo so, mi pare triste. Non insisto. Un momento nero può capitare a tutti e poi finisce che te la prendi con il primo che capita. Evidentemente, giovedì scorso per Sandrone ero io il primo che capita.

– Guagliò qua sto se hai bisogno.

– Grazie.

– Quanto t'hanno fatto?

– Di multa? Duemila euro.

– Pure a me. Ci è andata bene, no?

Accenna un sorriso. Poi torna a guardare fuori dal finestrino. Allora mi alzo.

– A dopo.

IN CASA
12ª giornata

Sto da oggi pomeriggio a provare camicie, jeans, magliette, giacche, scarpe, giubbotti, maglioni. La cravatta? Non me la metto: mi fa sembrare un pesce pigliato con la botta. Le mutande viola? O grigie? Come se poi quelli venissero a vedermele. I calzini: ne ho provati di cinque colori. Vanno bene neri.

Deciso. Sleep *D&G*. Jeans beige *GAS*. Maglione bianco collo alto Ralph Lauren. Calzini filo di scozia di non so che. Giubbotto *Marlboro* di pelle marrone bruciato. Scarpe *Nike*, marroni. A metà novembre il tempo non sa quello che vuole fare. Fa caldo di giorno. Fa freddo di sera. Poi il contrario. Volubile. Non sai come vestirti. Invernale. Autunnale. Ho messo e tolto il ciondolo dal collo dieci volte, lavato i denti tre volte in cinque ore, tolto i peli di mezzo micron in mezzo alle sopracciglia. Sto sudato. Ascoltato tre volte il disco di Shakira e ho saltato, ho ballato sul letto. Ho fatto due docce e ho consumato tutto il deodorante. Eccitato, impaurito a mostro, carico.

Mò devo però uscire da qua: figura di merda se arrivo in ritardo.

Scendo in garage. Salgo in macchina. Sono stato un coglione a mettermi il maglione bianco. È pesante. Da tamarro. E le scarpe che ho messo? *Nike*! E se c'è uno di quelli che ci fa la pubblicità?

Risalgo e vado a cambiarmi.

Non c'è tempo. Marò: come va va.

Esco dal garage a marcia indietro, ingrano la prima e faccio una sgommata alla corso Secondigliano sfrecciando però su viale Forlanini.

Meglio parlare poco.

"Non parlare mai per primo", mi ha fatto un buco in testa papà per tutte le volte che mi ha ripetuto questo concetto. "Ascolta prima e poi apri la bocca. Ma sulamente se è necessario".

Imbocco la tangenziale Nord.

Se dici poco sei scemo. Se dici troppo sei uallera. Se indovini un paio di congiuntivi sei strano. Se tieni un libro in mano devono essere le barzellette di Totti, per forza, altrimenti sei da ricovero.

Sono su via Erba. Attivo il navigatore e inserisco l'indirizzo.

La villetta di Feemors è a Cormano. Poche case, nessuno per strada. Davanti al cancello. Devo bussare. Non ricordo il codice. Marco me lo ha ripetuto venti volte. Me lo sono scritto, ma la testa di minchia che tengo ha lasciato il foglio a casa. Mi faccio venire in mente la sequenza dei tre numeri, scendo, digito e una voce dal videocitofono.

– Eccoti!

– Ciao. Scusa, ho fatto tardi.

– Non preoccuparti. Entra.

Il cancello si apre. Rimonto in fretta in auto. Ho paura che possa richiudersi prima di. Dentro altre macchine parcheggiate. Affianco la mia BMW Gran Coupé serie 6 a una E60: splendida anche questa. Michael Feemors apre la porta di casa nel momento esatto in cui richiudo la portiera.

– Diego, benvenuto. Che eleganza!

Io scioccato. Dal suo italiano. Per quello che ha detto e come lo ha detto. Senza accento anglosassone. Il Michael che conosco è rozzo e pieno di sé. Si incazza sempre con qualcuno. Parla male di tutti e parla, soprattutto, una chiavica.

– Vieni.

Ho dimenticato il Taurasi sul divano, il vino per la cena. Non posso presentarmi a mani vuote. Fortuna che ho un paio di bottiglie di Clicquot nel bagagliaio.

Da tamarro napoletano. Questo penseranno.

Michael mi viene incontro. Stretta di mano. Entriamo in casa. Un disimpegno. Uno specchio. Un lampadario hi-tech. C'è un sacco di bianco, tutto bianco sparato. Mi tolgo il giubbotto.

– Appendilo qui.

Mi indica un attaccapanni in ferro battuto a forma di dea Kalì. A sei braccia: un'oscenità. Un po' interdetto, uso l'unico arto ancora disponibile della dea. Mi scappa da ridere.

– Fa schifo, vero?

– Ma no.

Cerco di dire io nel modo meno impacciato possibile.

– È che...

Impiego qualche secondo per trovare le parole.

– Che?

Michael aspetta che completi la frase.

– No, niente... Bella casa.

Lui abbozza una smorfietta.

– Non l'hai ancora vista.

Altra figura di merda. Sprofondo. Chi è questo qua? Non è il Feemors che conosco, che conosciamo tutti.

– Vieni, ti presento gli altri.

Mi appoggia una mano sulla spalla. Mi direziona con una leggera pressione verso un piccolo corridoio. Io davanti, lui dietro. Mi sento la faccia accesa, rosso vivo. Fra qualche secondo svengo qua a terra.

– Non invito gente qui. La uso solo per queste occasioni.

Maronna mia. Continuo a sorprendermi dell'ottimo italiano di Michael. Glielo dico.

– Parli bene l'italiano.

Michael intuisce anche il pensiero che c'è sotto questa mia frase.

– Ognuno deve fare la sua parte, no? Quando arriviamo in Italia il team ci affianca un insegnante di italiano a ogni straniero. Si impara in fretta, ma non posso deludere i miei fans.

Mi fa l'occhiolino.

Entriamo nel salone. Nel giro di qualche secondo registro due tavoli di vetro, cd sulla parete di fronte, un tappeto, ancora bianco, con qualcosa di giallo al centro. Una libreria.

Una libreria? Incredibile.

– È arrivato Diego.

Al centro del salone c'è il tavolo apparecchiato per sei. Sul divano in pelle bianca un centrale e una mezzala sinistra, i migliori del campionato nei loro ruoli rispettivi. Dietro il divano c'è il poster di un giocatore di colore. Michael mi presenta al centrale più biondo e sciupafemmine del pianeta: il napoletano Carmine Abbate. Presentazione di rito.

– Di che quartiere?

– Monte di Dio. E tu?

– San Pietro a Patierno.

La mezzala si alza dal divano.

– Ivan.

– Tagliamenti. Giusto?

Per dire: ti conosco. La risposta di Ivan è anticipata dal rumore dello scarico del bagno.

– Il cesso dice di sì – e ride.

Abbozzo tirando indietro gli angoli della bocca.

– Ehilà!

Da una porta laterale entra un quarto mostro di talento, un mostro della nostra Nazionale, un monumento, un monumento sposato e con due figli: Simone Ristagni, compagno di squadra di Feemors.

– Piacere di conoscerti.

Faccio un cenno del mento e gli stringo la mano. Le cose non sono mai quelle che sembrano. Soprattutto nel calcio. Rigore!, e non c'era. Sembrava. Fallo di mano? No, ma c'era eccome, e nemmeno fuori area. Gol? Il pallone però ha colpito l'esterno della rete! Sì, ma l'arbitro ha convalidato. Perciò è gol. Ristagni è sposato e ha due figli? È eterosessuale, no? D'altra parte, anche Diego Di Martino, ventitré anni fra poco, ha un sacco di figa intorno e sicuro scopa come un riccio.

– Piacere mio.

– La bottiglia la tieni in braccio tutta la sera?

Michael alle mie spalle.

La bottiglia di Clicquot, ce l'ho ancora io. Con il volto in fiamme gliela porgo a due mani. Ne viene fuori una cosa un po' plateale.

– Champagne! – fa Michael.

La interpreto come una presa per culo. Un'altra figura di merda. Meglio smettere di contarle. Voglio morire: ora.

– Vado a mettere via questa e recupero il disperso in cucina.

– Ma che sta facendo? – chiede Simone.

– È andato a prendere il ghiaccio. Vodka lemmon va bene? – mi chiede Michael.

– Sì. Abbonda pure con la vodka.

Ridono tutti. La risata mi scarica un po' di tensione.

– Quando ridi sembri ancora più giovane.

Michael guarda gli altri per avere conferma delle sue parole e poi se ne va in cucina.

– Sediamoci, no? – propone Simone, e si mette in poltrona.

Ivan sul divano. Lo stesso fa Carmine, e non c'è posto per me. A meno che, a meno che io non mi sieda in mezzo a loro.

Staremmo stretti, troppo vicini. E se pensano che l'ho fatto apposta?

– Ciao Diego.

La voce alle mie spalle è familiare. In piedi, davanti alla porta della cucina, col cestello del ghiaccio tra le mani, jeans sdruciti, un paio di New Balance grigie che gli ho visto altre volte, una camicia azzurra, un lembo esce dai pantaloni. Da quando è iniziato il campionato avrò scambiato con lui sì e no dieci parole. Con lui non ci ho mai parlato davvero. Ora che ci rifletto, Stefano Baldini è quello con cui ho legato di meno: il portiere della mia squadra.

Michael, da dietro, cerca di riemergere dalla cucina, ma non riesce a passare. Scosta leggermente Stefano e porta una bottiglia di Absolute.

– Ste', 'stu ghiaccio? Sta diventando acqua – fa Carmine, prendendo la vodka dalle mani di Michael. Recupera i bicchieri dal tavolo. Vodka e lemmon soda per tutti. Io per primo.

– Mi dici tu basta?

– Basta, grazie.

– Ghiaccio?

– Va bene così.

– Tanto era in frigo.

Poi, versa per tutti gli altri.

– A noi! – brinda Michael.

Michael beve tutto in un sorso e comincia ad andare avanti e indietro dalla cucina. Vino. Acqua. Bicchieri puliti.

– Cosa sai di *Marisa*?

Mi chiede a bruciapelo Simone.

– Marisa? Marisa chi?

Simone Ristagni scuote la testa. Ivan e Carmine stanno aiutando Michael a portare la roba in tavola. Simone si versa dell'altra vodka.

– Il trio magico della Juve, alla fine degli anni '50, lo conosci? Charles e…

– John Charles era gallese!

Michael, entrando con l'ultima sperlonga. Non ho la più pallida idea di cosa stiano parlando. Sono anche distratto dal viavai che c'è dalla cucina. Michael pare una perfetta padrona di casa, modello mia madre. Carmine lo sciupafemmine si lecca il dito dopo averlo immerso in non so che cosa e Stefano lo segue con una scafarea di pasta in mano.

– Hai cucinato tu?

Chiedo incredulo a Michael.

– Io e Stefano. Trofie gamberi e zucchine per primo.

– C'è anche il secondo?

– A proposito, sei vegetariano?

– Io? No.

– C'è del tacchino.

Si siedono tutti. Io e Stefano in piedi. Le sedie rimaste libere sono vicine. Stefano prende posto e io, timidamente, vicino a lui.

Abbate sfotte Feemors. Ha fatto 6 reti in 4 giornate e poi niente più.

– Hai il culo privo di ambizione. Se segni è solo in contropiede.

– Veramente il suo culo qualche ambizione ce l'ha – dice Ivan.

– Le foto con la strafiga di turno su "Vanity Fair" sono inutili. Non ci crede nessuno! – Michael.

– Bastardo di uno scozzese! – Ivan.

– Christine – aggiunge Carmine –, è usata come salva-ricchioni.

– Carmine te l'ho detto altre volte. Non mi piace questa parola. È offensiva quanto *faggot* – si altera Michael.

– Christine è bella e bona –, aggiunge Ivan.

– Te hai risolto con la stancacazzi. Ho visto le foto su "Chi" – fa Simone rivolto a me.

– Gaia?

Avvampo ancora.

– Il presidente della Federcalcio tedesca Gomez ha dichiarato che darà tutto il supporto necessario ai calciatori che decideranno di fare coming out.

La frase di Stefano arriva precisa come un fendente. Modifica in un attimo l'atmosfera. Non c'entra niente questa sua uscita. Un attimo prima si inciuciava e si gossippava, sembrava di stare nel film di Ozpetek, la scena di tutti a cena con la Buy di fronte all'amante del marito morto. Michael dice un paio di frasi sconnesse prima di mettere in fila una successione di parole sensate.

– Stefano, non pensare nemmeno per un momento che fosse possibile in Italia.

– Che sia.

Stefano corregge Michael che continua concitato. Mi pare di capire che se Michael s'innervosisce non controlla bene l'italiano.

– Sarebbe l'inferno. Finisci come lui.

Simone indica il poster appeso dietro il divano.

– Chi è? – chiedo.

Mi guardano tutti interdetti.

– Justin Fashanu – risponde Stefano.

Poi si rivolge a Simone.

– I tempi stanno cambiando.

– Non per quelli come noi, Stefano.

– Noi siamo qui per cambiarli questi tempi, o sbaglio?

– Certo, ovvio... Siamo tutti qui anche per questo – scettico Simone.

– Siamo qui solo "per questo", Simone – precisa Stefano.

– A me basta essere chiaro con i tifosi e con gli uomini che mi porto a letto. Il resto va bene così.

Risoluto Simone. Fa un sorso di Falanghina. Da come reagisce, ho l'impressione che questi argomenti Stefano li abbia tirati fuori altre volte con lui.

– Il resto "va bene" magari per te. "Tu" cambi le cose. "Io" cambio le cose. Siamo noi e nessun altro, perché non c'è l'interesse di nessuno a cambiarle. La conservazione del sistema è la base di tutte le dittature. Deve "apparire" sempre tutto uguale, immutabile.

Guardo Stefano in bocca. Non ne avevo idea, non pensavo fosse un ragazzo così intelligente e combattivo, colto. E mai e poi mai avrei pensato fosse gay.

– Amen.

Simone scimmiottando una preghiera e finisce il resto del vino nel bicchiere.

– Questa è filosofia. La vita reale è altro – dice col piglio di chi sa come vanno davvero le cose nel mondo.

Stefano lo fissa duro. Intuisco cosa vorrebbe dirgli: "Ti sei sposato, hai avuto dei figli, giochi in serie A, sei un attaccante della Nazionale italiana, vai a scoparti il gigolo di turno quando ti prude il cazzo e parli pure di trasparenza?".

– Ti dico una cosa.

Ha le mascelle contratte. Simone ha intuito quello che Stefano sputa dagli occhi. Gli altri restano in un silenzio simile a quello che rimane sul campo alla fine di una partita persa. Mi viene in mente un film che ho visto da poco, *Braveheart*. C'è una scena. Centinaia di migliaia di uomini stanno immobili, concentrati e muti prima di lanciare l'urlo che dà inizio alla guerra.

Questo silenzio dove lo metto? All'inizio o alla fine?

– Ogni domenica sugli spalti ci sono decine di migliaia di persone. Ognuna vive una settimana intera la sua realtà fatta di lavoro, di figli da portare a scuola e di stipendio da farsi bastare, di anziani genitori da accudire. Ogni settimana centinaia di migliaia, milioni di persone, davanti al televisore o sopra le gradinate, quando ci vedono giocare vivono un sogno. Nessuno di loro potrà mai avere la vita mia o la tua.

Sono dei perdenti e lo sanno. Noi abbiamo una responsabilità: questa gente chiede, sì, anche a me e a te Baldini, chiede a noi di essere il mito e di essere il vincente che loro non saranno mai. È un sogno, riscatta la loro realtà.

Simone Ristagni punta il dito contro Stefano.

– Non abbiamo nessun diritto di infrangere questo sogno.

– Li stiamo ingannando – è la risposta di Stefano.

Ristagni sbatte il pugno sul tavolo e si alza in piedi.

– Cosa cazzo è un sogno? Un inganno, un bellissimo inganno!

– Siamo uomini. Non siamo dèi.

– Tu non capisci! Credi che io sia contento di questa vita?

Anche Stefano si alza in piedi.

– Onestamente? Sì, sei contento. Sei famoso. Sei ricco. Hai una moglie. Hai dei figli, li volevi no?

– Certo che li volevo! Tu non ne vuoi?

– Sì, ne voglio e i miei figli hanno il diritto di sapere davvero chi è il loro padre.

– Cazzate. Secondo te, quelli che vanno a mignotte, lo vanno a dire ai figli?

– Tu pensi che si tratti solo di sesso, questo è il punto. Io penso si tratti di onestà e di dignità.

– Ti senti disonesto se scopi con un uomo? Allora diglielo ai tuoi figli, se proprio vuoi. Non c'è bisogno di farlo sapere a tutto il Paese con chi vai a letto!

– Tu gliel'hai detto ai tuoi figli?

– Hai rotto i coglioni!

– Smettetela! – improvviso Michael. – Sedetevi! Che noia voi due. Stasera siamo qui per spiegare a Diego cos'è *Marisa*. Rimandiamo le altre questioni al *Processo del lunedì*.

Risatina blanda di Ivan.

Ristagni è scuro come la notte.

Poi Michael si scimmiotta.

– Sono brauvi ragauzzi, grandi giocatouri ma... ma un pou omosessuauli.

Risatona. Altre cazzate gossippare e l'ambiente si distende. La cena prosegue senza altri intoppi. Michael assume un'aria solenne. Comincia a spiegarmi delle cose. Italiano ottimo e gli occhi azzurri accesi.

Con la mia entrata i membri della rete diventerebbero trentadue. In totale, undici giocatori della A, quattordici della B e altri sette giocatori che appartengono ad altre categorie di professionisti.

Nelle categorie inferiori ce ne sono tanti. Per quello che è lo scopo di *Marisa* però si ha bisogno di reclutare soprattutto nella Prima e nella Seconda divisione.

– *Marisa* è il nome che avete dato alla rete.

La mia è più un'affermazione che una domanda.

– *Marisa* nasce tre anni fa, il mio primo anno in Italia. Incontro Europe League. Sono in camera con Simone. Parlo poco l'italiano. Mi faccio capire come posso. Esco dalla doccia con l'asciugamani avvolto in vita e Simone mi dice che la stanza è fredda e il frigo box non contiene alcolici: in inglese.

Simone ride. Arricchisce il racconto.

– Sei mesi in squadra senza dirci niente.

Anche Michael ride. Prosegue.

– Senza scomponersi... scomporsi, Simone ha tirato via l'asciugami e let's go! Abbiamo fatto sesso.

– Siete stati assieme? – chiedo

– Sesso. Però da quella situazione abbiamo avuto modo di parlare tra noi. Entrambi conoscevamo altri calciatori gay e tutti eravamo stanchi di sentirci soli. Per lavoro cambiamo spesso città. Arrivare e non sapere come muoversi per trovare con chi stare è depressivo... deprimente. Abbiamo creato un gruppo per parlare delle nostre esperienze e darci una mano l'un l'altro.

Prosegue Carmine. Sposto gli occhi su di lui.

– È come quando giochiamo una partita internazionale. Ci mettiamo in fila, ci teniamo per mano e cantiamo l'inno. Sulamente nuie sappiamo che fatto è, cosa ti sbatte 'mpietto in quel momento.

Ivan si aggancia.

– Quando c'è l'inno ho la certezza che io, il mio compagno a destra e quello a sinistra sentiamo la stessa cosa. Siamo Uno solo composto da tutti Noi.

– Uno solo fatto da tutti Noi – ripeto con la faccia di chi ha apprezzato.

Pare si siano messi d'accordo per spartirsi le cose da dire. È un balletto. Sposto lo sguardo da uno all'altro. Mi sento una pallina da flipper che sbatte di qua e di là.

Adesso tocca a Stefano.

– *Marisa* è una squadra fatta da uomini che vogliono uomini.

Fa una pausa. Sta per dire un'altra cosa ma Simone lo anticipa.

– *Marisa* serve a coprirci l'un l'altro le spalle, e le palle.

– Ma perché *Marisa*?

Chiedo.

Penso di aver fatto una domanda stupida.

Tra tutte le cose che mi stanno dicendo, vado a chiedere questa stronzata.

– Curiosità – aggiungo.

È Simone che mi risponde.

– *Marisa* l'ho scelto io. Un omaggio al nome affibbiato a uno del trio magico. Te lo stavo raccontando quando sei arrivato. Pare per i suoi boccoli biondi, non per altro.

Risatona di tutti.

– I signori del Palazzo ci invitano a fare un coming out...

Michael guarda Stefano, poi prosegue.

– ... non credono davvero nella legittimità della nostra natura, ma non possono ignorarla. Sanno che ci sono giocatori gay. In molti casi sanno anche chi sono. Cercano di preservare l'apparenza di tolleranza e di civiltà. Ho detto corretto, Stefano?

Stefano annuisce.

– I membri di *Marisa* si sono dati delle regole.

Michael prosegue.

– Ci sono delle regole pensate da me e da Simone. Se deciderai di entrare, te le comunicherò al battesimo.

– Il battesimo? – chiedo perplesso.

– È 'na strunzata che si è inventato Michael – fa Carmine. – Ma nun è tipo il salasso della prima partita.

– 'Sti stronzi – faccio indicando Stefano –. Alla prima partita mi hanno fatto lo smutandamento. Mi hanno tenuto per le braccia mentre quel bastardo di Giardini mi tirava su a due mani i pantaloncini, facendomeli entrare nel culo.

– Solo questo? – chiede Michael ridendo –. Ti è andata bene.

– A me, alla prima partita di campionato, m'hanno scippato undici peli da un'ascella e undici dall'altra, per dire. L'ultimo da sopra il pesce. Meno male che simme solo ventitré! – aggiunge Carmine con gli occhi a fessura, come se ricordasse in quel momento il dolore di ogni pelo strappato.

– A me hanno legato le palle con la stringa della scarpa. L'impiccato m'hanno fatto. A turno, ognuno prendeva la stringa e faceva una tiratina – fa Ivan portandosi una mano al basso ventre. – A un certo punto ho pensato che me lo volessero strappare.

Rido come un dannato.

– Avete ragione. Mi è andata bene.

Mi piace questo modo di stare insieme. Mi distrae. Scordandomi quello che mi dice papà, mi lancio in una domanda.

– Posso chiedere una cosa?

Smettono tutti di ridere. Io resto con la forchetta a mezz'aria.

– Tutto quello che vuoi –, fa Simone.

– Io...

Mi sto cagando sotto. Stanno tutti fermi, nella stessa posa. Il piatto scostato e le braccia incrociate sul tavolo.

– Cioè...

Le parole giuste. Devo trovarle. Vado a braccio. Dico quello che mi viene.

– Quello che ho capito io, è che *Marisa* è il nome di questo gruppo, della rete. Io sono il trentaduesimo che entra. Siamo tutti così. Cioè. Tutti hanno lo stesso fatto apposto.

– Non è certo un problema – dice Stefano.

– Certo, nessun problema – faccio io. – Volevo dire solo che tutti noi...

La voce mi trema un po'. Perdo per un attimo il senso del discorso. Michael viene in mio aiuto.

– Sì, è così.

Butto fuori tutto di getto.

– Non ho capito bene cosa si fa. La cosa dell'aiutarsi quando si arriva in una città nuova la trovo buona. Io stesso ho avuto difficoltà. Ma poi? Ci si incontra per parlare? Stare tra di noi "noi"? Cioè, che si fa? Dove ci incontriamo? Qua, da te, Michael? Non so nemmeno chi sono gli altri. A occhio e croce non vivono tutti nei dintorni di Milano. Ok, diciamo che ci si vede con quelli che stanno qua. Sappiamo tutti quello che ci piace, e poi? Si balla come nelle disco recchia? Mi piaci quanto mi piaci e mò famme 'nu bucchino? Cioè, tutti chiusi in una casa e si chiava con chi ti piace con la massima riservatezza? Scusatemi, l'ho detto male, voglio capire...

Michael non se ne fotte proprio del concetto che sto esprimendo. Va avanti con il suo copione.

– Se entri in *Marisa* ci sarà un periodo di prova. Il periodo di prova dura due mesi. In questo periodo sei informato solo di alcune cose. Non ti verranno rivelati altri nomi, a parte quelli che hai conosciuto stasera e che si occupano dell'intera organizzazione. *Marisa* ha uno scopo. Dobbiamo però conoscerti e fidarci di te per dirti qual è lo scopo che abbiamo.

Simone mi appoggia una mano sul braccio.

– Non ti abbiamo detto molto. Stasera ci hai visti in faccia, sai chi siamo e potresti spifferarlo in giro: questo ci danneggerebbe. Il fatto che tu sia qui, che ti abbiamo invitato, è il nostro atto di fiducia nei tuoi confronti.

Michael.

– Hai un paio di settimane di tempo per decidere se vuoi essere dei nostri. Quando sei pronto, mi chiami e ci vediamo qui a cena giovedì e ne riparliamo. Qualsiasi decisione tu prendi.

– Prenda – corregge Stefano.

– Grazie Stefano... Sei il mio personal google translator.

Un po' evasivo il tutto. Devo capire se fidarmi o no. Fidarmi di che? Non ho capito assai. Stefano risponde a quello che voglio sapere, anche se ancora non mi sono fatto la domanda giusta.

– Diego, in pratica, *Marisa* ha un obiettivo ambizioso. Dovrebbe migliorare la nostra vita.

Michael fa gli occhi storti.

– Che ti verrà comunicato dopo il periodo di prova.

Conclude Stefano. Evasivo come gli altri, ma un po' meno.

La cena finisce. Non si parla più della rete. Prendiamo il caffè. Ci mettiamo sul divano a parlare così, di niente e di tutto, di vacanze e viaggi, di cazzi e di esperienze passate, di uomini scopati e di procuratori furbi, di dirigenti che si fanno ammanettare e inculare e di delusioni d'amore. Mi sono tolto il maglione. Anche le scarpe. Michael mi ha dato una delle sue maglie. Mi sta tre volte più grande. Tra un goccio di Baileys e un po' di grappa. Una risata. Un aneddoto. Una storia di scommesse e di ultrà che hanno costretto giocatori a combinare partite, che hanno costretto a perderle 'ste partite. Verso le due ce ne andiamo tutti. Fuori, vicino alle macchine, ci salutiamo. Ci baciamo sulle guance. Stefano mi stringe forte solo la mano. Penso di stargli sul cazzo. O forse pensa che io sia un cretino.

Sulla strada del ritorno non mi faccio capace. Una rete di calciatori gay. A chi verrebbe in mente? Una massoneria di ricchioni. Cosa cazzo c'hanno in testa? *Marisa*. Non ho capito cosa fanno né cosa dovrei fare io. A essere sincero, nonostante l'alterco tra Stefano e Simone, per la prima volta da quando ho capito di essere così mi è sembrato di sentirmi parte di una cosa che fino a mò mi faceva vergognare. Mi sono sentito parte di una squadra importante quanto quella dei verdenero.

Faccio in fretta ad arrivare a casa. Parcheggio la macchina nel box. Salendo, in ascensore, mando un messaggio a Michael.

Grazie di tutto. Sono stato bene. Penso che accetto. A presto. Diego.

Dieci secondi dopo.

Great! Benvenuto tra noi! M.

IN CASA
13ª giornata

Era per la prossima settimana. I verdenero hanno la seconda partita consecutiva in casa. Visti gli impegni di tutti abbiamo anticipato il mio battesimo.

La cerimonia è divertente.

Oddio, almeno da un certo punto in poi. All'inizio Stefano ha letto un elenco di omosessuali dichiarati nello sport. Per il calcio erano tutti nomi stranieri. Ho conosciuto la storia di Justin Fashanu, il calciatore del poster appeso in testa al divano, il primo di fama internazionale a dichiarare la propria omosessualità. Si è ucciso nel '98, abbandonato da tutti, compresa la sua famiglia e suo fratello John, anche lui calciatore. Michael mi chiede di mettermi in ginocchio con una specie di centrino della nonna in testa. Impugna la bacchetta di *Sailor Moon*! Gli altri sono dietro di lui con le mani appoggiate sul pisello, come quando ci si protegge in barriera per un piazzato. Manca Carmine, un impegno di coppa. Michael legge le tre regole fondamentali di comportamento.

– Uno: è fatto divieto assoluto di fare sesso con gli elementi della rete. La rete non è un privé gay. Il sesso lo possiamo trovare come e quando vogliamo.

Già questa prima regola la trovo senza senso.

– O madonna, e perché?

– *Marisa* non nasce per questo. *Marisa* è il luogo dove stiamo al sicuro.

– A maggior ragione. Non ho ben capito il senso. Se mi piace uno della rete che male c'è? Anzi, non è meglio così? Resta tutto inter nos.

Leggo lo sconcerto sulle facce di tutti. Solo Simone si fa una risatina che mi dà coraggio e proseguo.

– Che ho detto? Cosa potrebbe capitare se due di noi scopano? Mica lo sputtani. Sputtaneresti anche te stesso, nel caso.

– Sei fuori strada. Finisco di leggerti le regole e ti sarà chiaro tutto con le tre leggi della rete.

– Le leggi?

Michael mi fa segno di aspettare.

– Due: è fatto divieto assoluto di menzionare la rete, anche solo di alladere alla sua esistenza. La parola *Marisa* è da usare solo in caso di pericolo per un elemento del gruppo.

– Alludere – il solito Stefano.

– Qui c'è scritto alladere.

Stefano controlla il foglio.

– Hai ragione. Comunque si dice alludere. L'ultima volta, con Marconi hai detto bene, però.

– Marconi?!

Michael mi ignora. Fa un rimprovero muto a Stefano.

– Particolare attenzione è da tenere nelle conversazioni telefoniche. Potremmo essere intercettati per questioni legate a scommesse e combinate.

Questa la trovo una regola più sensata.

– Tre: i membri...

La barriera ride e fa gestacci.

– Quali membri? Questi?

Dice Simone afferrandosi i genitali.

– Cretino... I membri della rete possono frequentarsi al di fuori degli incontri di gruppo soltanto se in compagnia femminile. La forma prima di ogni cosa. Per i tifosi. I tifosi di tutto il mondo si somigliano e tendono a guardare gli sportivi come modello. Il modello non è il nostro.

– A meno che non si è compagni di squadra –, interrompe Stefano.

– Certo, stavo per dirlo –, piccato Michael. – Hai qualche interesse particolare per Diego?

– Imbecille –, ride Stefano. – Era per essere precisi. L'altra volta te ne sei scordato. Con Diego ci siamo già visti queste sere, dopo gli allenamenti.

– Porco! – dice Ivan a Stefano.

– Sei gay – dice Simone sempre a Stefano.

– Ecco il coro delle vergini! – fa Stefano.

Io in ginocchio, con il centrino in testa, giurerei di averlo visto arrossire.

– La seconda legge di *Marisa* è questa.

– La seconda? E la prima qual è? – chiedo.

Mi fa segno di stare zitto.

– Seconda legge: *Marisa è una squadra di uomini che amano uomini e fondata sulla solidarietà e il riconoscimento del sé come condizione umana di dignità.* Accetti questa legge? Devi dire: "Sì, l'accetto".

– Sì, l'accetto.

– La terza legge di *Marisa,* da rispettare in pubblico e in privato, è: *Ogni membro protegge e tutela ogni altro elemento della rete con qualsiasi mezzo, anche con la menzogna, quando è messa in discussione la sua dignità di uomo e di calciatore.* Accetti questa legge? Devi dire: "Sì, l'accetto".

– Sì, l'accetto.

– La prima legge di *Marisa* è la dichiarazione del suo obiettivo. Faccio promessa, trascorso il periodo di due mesi di prova, di comunicartela io stesso e di darti tutte le spiegazioni e il sapporto necessario per la condivisione dell'intento comune.

– Supporto. Michael, quante volte te lo devo dire?

– Scusate – fa Michael.

– Uè, com'è? Qual è la prima legge?

– Lo scopo – fa Michael.

– E non si può sapere? Che battesimo è allora? – domando sorpreso.

– Sei battezzato. Col battesimo vieni a conoscenza di altri calciatori come te – fa Simone. – Calciatori che possono darti aiuto qualora serva. Da ogni punto di vista.

Trovo tutto così fumoso. Realizzo poi che non ho capito, nonostante le leggi, la prima regola di comportamento. Lo chiedo.

– Ma il sesso? La prima regola, dico.

Mi risponde Stefano.

– La dignità di ognuno di noi è fondamentale. *Marisa* tutela la nostra dignità. Una delle cose terrificanti delle associazioni gay è quella di creare una specie di bolla protetta dove puoi fare quello che vuoi al pari di una discoteca gay o di un parco dove si batte. Se facessimo sesso tra noi, tra quelli di questo gruppo, alimenteremmo l'idea che i gay possono essere accettati purché si frequentino tra loro e si chiudano in un qualche posto a scoparsi. *Marisa* ha un altro fine.

– Alimentare l'idea? Ma l'idea di chi? Questa rete, questa *Marisa*, chi la conosce? E qual è questo scopo? – chiedo.

– Tutto a suo tempo – fa Simone.

Poi aggiunge.

– Quando ti viene chiesta un'opinione riguardo calcio e omosessualità tu devi rispondere così: "Nel calcio non penso esistano omosessuali. Se ci sono io non li conosco". Questa è la risposta che deve essere data ogni volta che si parla di omosessualità e calciatori e ti chiedono qualcosa in proposito.

Stefano vede la mia perplessità.

– Devi avere fiducia in noi, Diego. Fidati.

Michael conclude la cerimonia battendo tre volte la bacchetta sulla mia spalla sinistra.

Mi rialzo. Abbracci. Michael va a preparare il caffè. Stefano si siede sul divano con Simone. Parlano sottovoce. Ivan mi raggiunge vicino alla libreria. Ci sono tutti testi che hanno a che vedere con l'omosessualità. Ci sono anche i libri di Carlo Petrini, un ex calciatore che ha scoperchiato un po' di pentole del mondo del calcio. Sono verità, lo dice anche papà che il tempo che racconta Petrini lo ha vissuto. A tutti fa comodo non crederci. A tutti fa comodo trovare dei capri espiatori. Ivan tira fuori dalla libreria un testo. Legge.

– *Una sera, pregando Dio, lo pregai più forte: "Signore che dici di esistere, il mio sogno è quello di diventare un calciatore di serie A. Se un giorno lo diventerò, sarò per te un missionario nel mondo".* Legrottaglie. Hai capito? Sotto la divisa porta scritto *Io appartengo a Gesù*.

– Ma… – faccio per dire.

– No no. E meno male.

– A ciascuno il suo, quello che si merita –, dice Stefano dal divano.

– A proposito, ma la storia dell'ucraino? – fa Ivan.

– Uhhhh! Fuck you! Ancora? Che noia – protesta Michael arrivando col caffè.

Poggia il vassoio sul tavolino. Prende una tazzina e me la dà.

– Benvenuto Diego. Benvenuto davvero –, dice orgoglioso Michael.

ATLETI AZZURRI D'ITALIA
14ª giornata

Prima sconfitta. A Bergamo. Potevamo agganciare la capolista.

Combatti con grandi squadre e succede che vinci. Chissà per quale alchimia, per quale incantesimo, per quale fattura da janara, finisce che tu giochi con la penultima in classifica e ci perdi. Succede.

Alla vigilia della partita con una delle squadre che lottano per la salvezza ce lo dice il Mister e ce lo diciamo tra noi: "Non bisogna sottovalutare mai chi non ha nulla da perdere".

Anche se tecnicamente sai che sei superiore, non bisogna mai dimenticare l'orgoglio. Quando ci metti il cuore si supera il limite tecnico, aumentano coraggio e forza anche quando coraggio e forza non ce ne sono.

Abbiamo perso 2 a 1. A nulla è servita la mia terza rete in campionato. La cosa più brutta è stata un'altra. Uno striscione in curva recitava: *Gli italiani sono bianchi.*

Ce l'avevano con il nostro italiano di colore, il nostro terzino destro Lorenzo Ben Omar di origini senegalesi, naturalizzato, adottato da una famiglia italiana e in odore di Nazionale.

Tra l'altro, l'anno prossimo ci sono i mondiali in Sudafrica e se risolvono 'sta roba del passaporto pare che Donadoni voglia convocarlo. Per il nostro Mister non è nemmeno titolare. Tuttavia, nell'autobus che ci riporta in albergo il Mister esplode di rabbia. Inveisce contro i tifosi avversari e contro i dirigenti della società.

– I verdenero faranno un esposto – annuncia il Mister.

Oggi ci sono stati persino cori razzisti rivolti a Lorenzo. Non è simpatico Lorenzo, nemmeno ai nostri tifosi. Spesso fa dei gestacci in campo. Sbraita. Insulta a sua volta avversari e pubblico. Anche gli ultras del nostro tifo ce l'hanno un po' con lui.

I nostri ultras fanno paura. Alberto è il capo, è ricoperto di tatuaggi. Lo chiamano Giussy, un po' per il nome un po' perché è originario di Giussano. Alberto da Giussano è un personaggio mitico per alcuni sostenitori dell'*arianità*, soprattutto da queste parti. "Rispetto! Rispetto! Rispetto!", urla Giussy dagli spalti. A torso nudo, con la tartaruga tatuata sulla pancia che si vede persino da mezzo al campo.

"Mi fa paura", ho detto una volta a Natti. "Tutta apparenza. È un buono. Fa volontariato, persino. Fa il clown per i bambini malati terminali, quelli che hanno tumori, leucemia", mi ha risposto Natti. "Sarà pure buono, ma ti assicuro che proprio non lo dimostra. Ma tu come fai a saperle 'ste cose?" gli ho chiesto. "Conosco i capi degli ultras di tutte le squadre. Se fai il mio mestiere carcola che devi sape' che te possono combinare 'sti stronzi qua". Un intrallazzino di prim'ordine, la prostituta di tutti i procuratori. Questo è Marco Natti.

Con noi della squadra Lorenzo è sempre rispettoso ed è puntuale agli allenamenti. Quando vuole dire qualcosa che non gli sta bene, prima di parlare chiede sempre: "Per favore, mi date cinque minuti?" tant'è che quando parte il "per favore" completiamo noi la frase, a prenderlo per culo. Non mi va di giudicarlo male per questi comportamenti. A sentirsi dire in continuazione che non sei italiano perché negro mi esaspererei anch'io.

Il Mister continua l'invettiva e manifesta solidarietà a Lorenzo. Anche altri compagni della squadra lo fanno. Io mi affaccio nel corridoio, dal mio posto. Guardo dietro a cercare lo sguardo di Stefano. Lo trovo e capisco che sta pensando a quello che penso io. Se i tifosi sapessero di noi, su quello striscione allo stadio ci sarebbe scritto tutt'altro.

Il giorno dopo la prima cena da Feemors c'erano gli allenamenti. Un po' di imbarazzo, da parte di tutti e due. Siamo stati gli ultimi a uscire dallo spogliatoio. Con un giro di parole assurdo Stefano mi ha invitato a un aperitivo dalle parti di via Washington. Siamo andati al lounge bar dove vanno tutti i calciatori. Abbiamo ordinato, ha pagato lui. Dopo qualche minuto, come se non sapesse cosa dirmi, mi fa: "Poco più avanti c'è una piazza che si chiama piazza Napoli". L'ho guardato perplesso. Come due deficienti, siamo scoppiati a ridere. Da due settimane, dopo gli allenamenti, usciamo insieme. È in gamba Stefano. È una persona divertente. Fa un sacco di battute, su tutto. Alla cena sembrava un militante, uno che vuole cambiare il mondo. Uno di quelli invasati, tutti presi da chissà quale ideologia. Stefano vuole solo vivere leggero e trasparente. Stefano vuole cambiare solo il suo di mondo e non ci tiene a modificare quello degli altri.

Il Mister lo ha notato questo avvicinamento.

"State legando molto voi due", ci ha detto ieri al prepartita. "Non è che siete di quelli ipocriti che fanno finta di andare d'accordo per tranquillizzare il vostro allenatore?". In effetti, il Mister aveva fatto qualche battuta durante il gruppo sul fatto che io e Stefano non andassimo oltre i saluti di cortesia. "Mister, l'ipocrisia c'è in tutte le cose. Almeno l'amicizia che sia sincera" ha risposto Stefano. "Una canzone di Roberto Vecchioni dice: 'Basta un niente per esser felici, basta vivere come le cose che dici'" ha aggiunto un po' fuori luogo.

Stefano si alza. Viene a sedersi vicino a me.

– Hai giocato una merda, guaglione.

Stefano è marchigiano. Il suo *guaglione* è talmente poco napoletano che mi fa simpatia.

– Se ho anche segnato! E poi si dice 'o cesso. Si dice é jucat' 'o cesso, guagliò.

Ride e le sopracciglia sono due tegole. Ride e mi stringe il braccio. Il Mister ci richiama all'ordine, che sta dicendo una cosa seria e non c'è un cazzo da ridere, che il razzismo negli stadi è una cosa schifosa.

– Tutte le discriminazioni sono schifose, Mister. Dentro e fuori a uno stadio.

Ho notato che Stefano ne dice di cose così in questi ultimi giorni. Prima stava zitto e muto, mò pare scatenato. Ogni occasione è buona per tirare una zeppata.

Ci ricomponiamo. A fianco a me, Stefano appoggia le mani sullo schienale del sedile davanti. Sento il calore della sua gamba appiccicata alla mia. Sento le formiche del vecchio martedì. Brulicano nello stomaco e nella testa e a differenza dei martedì me le sento camminare doce sotto pelle e a me, a me mi viene in mente la prima regola della rete: niente sesso tra di noi.

Mi accosto al suo orecchio.

– Lo sai che io mi dovevo chiamare come a te? Mi dovevo chiamare Stefano io. Cioè, mi chiamo pure Stefano, come secondo nome.

Sandrone Alfieri è seduto proprio davanti a noi. Si gira. Ci guarda. Stefano cambia faccia.

– Problemi?

Alfieri non risponde. Fa una smorfia sarcastica. Si rigira. L'astio di Sandrone nei confronti di Stefano non me lo spiego. Per la verità nemmeno il contrario. Nel primo mese di campionato erano fratelli. Da un po' a stento si salutano. Anche per me non prova tutta 'sta simpatia. Mi viene il dubbio. Lo scaccio subito, non può essere. Stefano appoggia un gomito sulla mia gamba, si avvicina, sottovoce, quasi in bocca mi dice.

– Diego è più bello come nome.

– Mio padre era un malato di Maradona.

– Malato? Ah, malato, ho capito in che senso dici. Chi non lo è stato? Io lo sono ancora. Io sono malato di tutti i Diego.

Morto io. Mi butta un braccio al collo. Porta la mia testa vicino alla sua. Strofina il suo orecchio col mio. Fa finta di darmi una capata. A volte mi sembra un bimbo, anche se ha cinque anni più di me.

La voce del Mister dal primo sedile.

– Ma porca di una troia! Laggiù! Ancora a far casino voi due? E la Madonna!

Quando arriviamo in sede, mi metto subito in macchina e vado. Appena entro dalla porta lancio la borsa sul divano e mi faccio una sega grossa quanto una casa. Mi sfioro l'orecchio e vengo in due secondi come mai mi è capitato di venire.

IN CASA
15ª giornata

L'allenamento è stato blando e breve. Mezz'ora di corsette, saltelli. Partitella riserve contro titolari? No. Per fortuna. Oggi il Mister è da un'altra parte. Ci ha impapocchiato di chiacchiere. "Andate al cinema" ha detto alla fine del momento tattica. Abbiamo la Juve domenica prossima. Si è andato a chiudere nel suo stanzino con Maurizio Santamaria, numero due della società. Che maronna sarà venuto a fare?

Alle docce Giardini rivela che vogliono comprare il ragazzetto dell'Ucraina, quel tappo di 1 metro e 62 che non mi viene in mente mò come si pronuncia il nome. Se è così è davvero strano. Questo nano a noi non ci serve. 'Sti stronzi si aspettavano di più da me? Questo diciottenne qua fa il ruolo mio.

"Devo preoccuparmi?", ho chiesto a Michele. "No, dai", fa lui. "Un rinforzo, un potenziamento. Fa sempre comodo. Non pensare che ogni cosa sia sempre contro di te. Paranoico!".

Nel parcheggio qualcuno si è attardato a fare inciuci su questo incontro. Potevano vedersi anche in un altro momento e non per forza nelle ore dell'allenamento. Era così urgente? Io vado via con Stefano. Aperitivo al lounge in via Washington. È presto, non sono manco le cinque. Ci sediamo fuori. Stefano mi parla di Ristagni. Non lo sopporta. Lo trova ipocrita per via del fatto che è sposato e non si fida.

– In *Marisa* ognuno ha un ruolo, di quelli che hai conosciuto. Ristagni coordina gli interventi mediatici di tutti nel gruppo. Suggerisce le parole esatte da dire in ogni circostanza. Roba sessuale, virilità, intercettazioni, scommesse, festini, fidanzate, droga, tradimenti, mogli, tatuaggi. La comunicazione prima di tutto. Lui è bravo, da buon parolaio milanese. Non per altro, suo padre è un famoso broker della Finanza.

Non ho la più pallida idea di cosa sia un broker. Non chiedo. Non tengo genio di fare la figura dell'ignorante.

– È a suo agio in questa situazione. È il re del si fa ma non si dice. Il goleador macho, madre spagnola e geni italiani. Trombador per diritto di nascita. Uno giusto con moglie con due figli con BMW con villetta a tre piani con giardiniere e tessera circolo del golf, sopracciglia rifatte, lampada tutto l'anno e cazzo in culo da mettere a qualcuno un paio di volte a settimana. Lo stronzo è attivo e questo, anche tra quelli nel gruppo che ci sbavano dietro, lo rende più attraente.

Poi Stefano abbassa la voce. Come se le cose che sta per dirmi siano più pericolose e segrete di quelle che mi ha detto fino a mò.

– Ristagni usa *Marisa* per avere informazioni di primo pelo. Recepisce storie sessuali di dirigenti, calciatori, presidenti, procuratori, allenatori, addetti stampa, giornalisti, arbitri, persino dei massaggiatori. Lui scommette forte, grosse cifre. È un cocainomane il figlio di puttana. Mente continuamente. Pensa di essere Dio sceso in terra. Comunque, fuori da ogni discussione, cazzo di Budda va detto che Ristagni gioca proprio da Dio.

– Non ho capito niente – faccio io.

Stefano fa un sorso dal suo Daikiri.

– Tu scommetti? – chiedo.

Stefano mi guarda in un modo che non lascia dubbi.

Dritto negli occhi, dice.

– No.

E continua.

– Cosa non hai capito? Ti sei guardato intorno? Ma lo sai come funziona il tuo ambiente di lavoro?

– Io penso a giocare. Natti si occupa di tutto il resto e poi, poi c'è mio padre.

Sembra una difesa la mia. Stefano incalza.

– È un meccanismo basato sul ricatto implicito. Un tu dai a me e io do a te. Pensi davvero che tutti questi, parlo di tutti i ruoli e le competenze, non sappiano che ci sono froci nel calcio? Lo sanno. Sanno anche chi sono. La maggior parte se ne infischia se sei culo o spaccafighe. Hanno questioni più importanti da affrontare che preoccuparsi del diametro dell'ano di Feemors o del mio. Vogliono mantenere le cose come stanno, gli equilibri. Un po' come quando si dice squadra vincente non si cambia. Ci fanno soldi. Tanti. Il calcio vive se c'è chi lo guarda. In tv, sugli spalti, al bar: è sempre la stessa cosa. Si parla dell'azione, del singolo giocatore, dell'ipotesi di cederlo, del rendimento, si parla di calcio. Tutti insieme, davanti a una partita, parlano di un solo argomento. È un miracolo di unione collettiva. Una convergenza. Non ci sono altre questioni che possano essere considerate più importanti. Men che meno domandarti se il tuo trequartista è gay. Il calcio è maschio. Le ragazze calciatrici sono maschi sbagliati, questo pensano, e giustificano la loro rudezza. Ma chi se lo incula il calcio femminile? Un gay è femmina, pensano. Alla fine sai cos'è? Che i procuratori hanno paura di perdere le commissioni. I club spingono per preservare lo stato di grazia economica. È il Palazzo stesso del calcio a proibire il coming out dei calciatori. Non si rinuncia al machismo. A differenza di Ristagni, io penso che i tifosi siano quelli meno interessati a sapere con chi scopiamo.

– Io che c'entro? Non sapere di questi fatti tocca la mia carriera?

– No, certo. A te interessa cosa devi nascondere.

Lo guardo deluso. Mi sento giudicato.

– Scusa... Io ti racconto queste cose perché non voglio che ti lasci abbagliare da *Marisa*. Soprattutto, non ti fidare di Ristagni.

Io zitto, aspetto che continui.

– L'anno scorso è stato ricattato da un suo amante. Ci siamo mobilitati tutti. Questo qua voleva spifferare, far saltare il sistema. È andato in una trasmissione televisiva a raccontare quello che faceva.

– Che faceva?

– La puttana dei calciatori culattoni. Non ha fatto nomi. Molti però hanno tremato. Compreso Simone che lo aveva abbondantemente pagato l'anno prima. Non è servito. Si è rifatto sotto. Io personalmente credo non fosse un fatto di soldi. Ristagni è un bastardo e credo che il tizio gliela volesse far pagare per averlo trattato una merda. Abbiamo dovuto parlarne con gli altri.

– Gli altri? Chi sono gli altri?

– Il nostro è un ambiente di uomini. In una settimana i pettegolezzi che girano sono centinaia, molto più di quelli che troveresti in mille numeri di "Chi". Gli *altri* sono i procuratori e i dirigenti delle società. Da noi ottengono informazioni su ogni giocatore, di cosa si fa, le droghe che prende, con chi va a letto, carattere, famiglia, come amministra i soldi, se scommette, se spende, se è narciso, se va a mignotte, se piange se ride se è scemo se è intelligente. Non pensare agli esordienti o ai ragazzini, quello è un altro troiaio. Si parla di quelli emergenti. Noi forniamo loro queste informazioni in modo tale che non prendano pali. Vogliono andare sul sicuro. Loro, per contropartita, ci fanno soffiate sulle combine.

I giocatori che melinano in partita, quelli che fanno autoreti assurde e giocano come se stessero in Promozione, gli arbitri pieni di Maserati, di Porsche, di Lamborghini. Se sai quello che succederà puoi scommettere sul sicuro. Scambi, cessioni, prestiti. Allontanamenti. Noi e i dirigenti delle società decidiamo. Loro sanno, tutto. Buttano tutto sotto il tappeto dell'omertà ogni volta che esce fuori qualche merda dal cesso.

– Il tappeto dell'omertà? – ripeto.

Mi fa ridere questa espressione. A me che vengo da Napoli l'omertà proprio non bisogna che qualcuno me la insegni. E nemmeno il tappeto. Figuriamoci la polvere.

– Questo tizio vive in Belgio, ora. Non gioca più. Ha una gamba più corta dell'altra, lo ha messo sotto un camion sul raccordo anulare a Roma. Un incidente...

– Ma tu dici...

Mi spavento. Qua ci sono fatti che non saprei gestire, dribblare. Che ignoro. Fatti che mio padre mi aveva accennato. Pensavo riguardassero giocatori del passato, come lo scandalo dell'80. Pensavo che quei giocatori avevano fatto quello che avevano fatto perché non guadagnavano i soldi che guadagniamo noi adesso.

– Non penso sia stato lui. Non ha le palle per fare una cosa così. È un favore. Un favore tra amici.

Mi punta un dito contro.

– E non commissionato. Noi abbiamo tutto da perdere. Loro cadono sempre con le zampe a terra.

– Stefano, non sono cretino. Questo però non è il calcio che conosco io e che faccio io. La munnezza c'è, per carità, però è poca cosa rispetto al resto.

– Diego, sveglia. Il sistema è gestito da pochi. Non tutto il calcio è così. Ma è così che funzionano le cose grosse.

Capisco che Stefano non è contento che io sia entrato nella rete, mi pare. Glielo chiedo. Lui si rigira il Daikiri tra le mani.

– Quando me lo hanno proposto, Michael e Simone, ho accettato per lo scopo che ha *Marisa*. Perciò sì, mi sta bene che tu sia entrato perché sei funzionale allo scopo. Non mi sta bene perché...

– Perché?

– Perché sei indifeso.

Lo dice tenero. Si infervora di nuovo.

– Ascolta. Io sono stato uno dei primi della A ad entrare. Dopo il primo anno ho capito che faceva Ristagni e l'ho detto a Michael. Lui ha fatto finta di nulla. Allora ho insistito. A un certo punto, a muso duro Michael mi ha zittito. "Simone ha agganci ovunque e ci serve" ha detto. In pratica, mi ha fatto intendere che quello che fa con i suoi soldi a noi non dovrebbe interessare.

– Scusa, ma Ivan, Carmine, sanno dei magheggi di Ristagni?

– Ivan no di certo. È un bravo ragazzo. Fa da gay radar. Cerca di capire chi è chi non è. Quando lo pensa di uno lo comunica a noi cinque che lo osserviamo, lo pediniamo per capire se può essere utile alla causa.

– Lo pedinate? Anche me?

– No... Cioè sì, ma non siamo stati noi.

– Chi è stato?

– Li giustificano come controlli sul comportamento extracalcistico del giocatore, nell'interesse della squadra e della società.

– I verdenero mi hanno fatto pedinare?!

– No, che io sappia no. Ma Natti sì. E anche qualche società alla quale ti proponeva prima che tu arrivassi a Milano.

Natti me lo aveva fatto capire che potevano seguirmi, la sera del romeno a Cesena. Ma lo aveva fatto lui, non altri.

– Vai avanti.

– Carmine è il tecnologico dell'organizzazione. È fissato con l'informatica. Entra nelle e-mail, persino i messaggi sul telefonino riesce a leggerti. Non so come diamine faccia. A parte le sue capacità, ha anche contatti con gente che questo fa dalla mattina alla sera. Comunque, fino a sei mesi fa era più presente. Sa delle stronzate di Ristagni. Ma adesso è completamente perso per Yngve. Non vede altro.

– Yngve?!

– Avanti e indietro da Barcellona.

– Quell'Yngve?

– Quello.

– Dici tutte 'ste cose e continui a starci in questa roba. Perché?

– Lo scopo.

– E qual è 'sto scopo? Ste', comincio a rompermi il cazzo co' 'sti segreti.

Mi guarda come se avessi detto la più grande stronzata del mondo. Soprattutto, come se avessi avanzato la pretesa più assurda del mondo. Correggo il tiro.

– Me ne sto buono e zitto, figurati. Te lo chiedo come amico. Stiamo diventando amici, no? Lo vorrei sapere cosa maronna è 'sta *Marisa*, non farmi trovare sepolto di merda. Te lo chiedo per piacere. Ti prometto che non ne faccio parola con nessuno.

Con la fronte corrucciata aspetto che risponda. Mi è chiaro come il sole che comunque Stefano, in questo momento, potrebbe dirmi qualsiasi cosa. Che un asteroide sta per cadere sui tavolini del lounge bar, che fra due giorni è estate e che una rondine non fa primavera, potrebbe dirmi che alla fiera dell'est mio padre comprò un mammut perché i topolini erano tutti finiti e che l'anno prossimo Donadoni mi convoca in Nazionale, potrebbe dirmi una qualsiasi di queste cose e io so, inesorabilmente so, che gli crederò.

– *Marisa* vuole raggiungere almeno cinquanta membri. Professionisti. Provenienti dalla A e dalla B, soprattutto.

Portieri, centrocampisti, terzini, centrali, attaccanti. Lo scopo è un coming out collettivo che prenda per le palle il sistema. Uno, due o tre, non servono. Singolarmente non cambia nulla. Ma cinquanta insieme per il Palazzo del calcio diventa un nodo da gestire. Lo dovranno fare, soprattutto se ci sono nomi importanti. Giocatori eterosessuali ci appoggeranno. Anche glorie del passato sono disposte a rivelarsi. Dopo i due mesi di prova ti verrà chiesto se sei disposto a dichiararti quando verrà il momento. Se non accetti sei fuori. Questo è l'obiettivo. L'obiettivo della prima legge.

– No aspe', ma che cazzo stai dicendo?

– Ti va di venire da me? Finiamo il discorso a casa mia. I due lì, a sinistra è da un po' che ci vedono parlare a bassa voce. Non si sa mai. Qui è presto per l'aperitivo. Abito qua vicino, in corso Magenta.

Andiamo. Un paio di chilometri. In macchina.

– Senti Ste', da quello che mi hai detto, penso che uno come Ristagni non farebbe mai una cosa così, dire a tutti che sta con gli uomini.

– Lo penso anch'io. Michael sostiene il contrario. A me non importa. Tanto, uno in più uno in meno è la stessa cosa.

– È paradossale, non ci posso pensare.

– È per questo che stiamo attenti a chi mettiamo dentro. Tanti sono a conoscenza di *Marisa*. La conoscono come una specie di condominio. Se sapessero il vero scopo, i club e i procuratori, i dirigenti farebbero di tutto per smantellarci.

– Sanno tutti di *Marisa* e gli sta bene. C'è qualcosa che non mi quadra.

Inclina la testa verso destra.

– Nemmeno tu dovresti essere a conoscenza della prima legge.

Sua concessione. Si fida di me.

– Ristagni è un fondatore. Ti fidi di lui? Non mi pare a me.

– Mi fido di Michael e di altri membri della rete. Ci dobbiamo riuscire, Diego. Sono stufo di questo teatrino. La gente è messa meglio di quanto vogliano farci credere tutti. Va solo educata. Ristagni conta come il due di coppe a briscola. Tiene a bada i mastini che fiutano l'osso. Ci serve per barattare informazioni. Non credere che si possa scrivere facilmente sulla "Gazzetta" una cosa tipo "Baldini è gay". I giornalisti hanno il cappello in testa di un padrone. Di un altro. Non ha importanza. Sanno che non possono scrivere di questo. Ne va dell'esistenza stessa del calcio.

– Mi immagino questi cinquanta ricchioni che dicono a noi ci piace il pesce. Con molta fatica ma cerco di immaginarmeli. Lo dicono. E che succede? Che prevedi tu?

Non ho fatto la domanda più difficile del mondo. Stefano però si sta zitto. Nel box aziona l'antifurto. Prende l'altro telecomando è abbassa la serranda.

– Non lo so che succede. Ma qualcosa succede.

– Arrivo subito. Guardati in giro. Prendi quello che vuoi nel frigo. Dovrebbero esserci delle birre, anche un chinotto mi pare, una Coca. Io vado al cesso. Mi sto pisciando addosso.

Una casa piccolina. Potrebbe permettersi di più. Non è un ragazzo sfarzoso. Si vede che dà valore ai soldi. E poi è marchigiano. Si dice che siano peggio dei genovesi.

Nella pila dei cd leggo un elenco di nomi assolutamente incompatibili tra loro. Gigi Finizio. Maria Nazionale. I Cure. L'Andrea Chenier. D'Alessio. Alessandra Amoroso. Tre dischi di Tiesto. I Radiohead. I canti degli Intillimani. Un gruppo sardo che canta folk locale. Il best di Donna Summer. Mietta. Antonacci. David Sylvian. Un cd di Heather Parisi!

Un elenco schizofrenico.

Vado in cucina. Apro il frigo. Delle Ceres. Non mi piace la Ceres. Richiudo. Stefano è ancora in bagno. Starà pisciando per tutta la settimana. Visito la casa. A sinistra becco la camera da letto. Lenzuola viola. Vestiti sparsi ovunque. C'è un'altra stanza adiacente. Entro. Una piccola libreria. Una scrivania con un libro aperto, matite. Mi avvicino. È un libro universitario. Sottolineato. Giro la copertina e leggo il titolo: *Psicodinamica di gruppo*. Un libro di psicologia. Anche la libreria a muro, a forma di esse, contiene testi universitari.

Torno nel piccolo salone, riguardo l'elenco dei cd. Stefano ricompare in pantaloncini di flanella e infradito. Fa caldo in questa casa. A Milano, in dicembre, i riscaldamenti stanno a palla. E questo è l'ultimo piano di un palazzo con i controcoglioni, qua ci abita l'ira del Signore dei soldi e sono tutti vecchi.

– Metti un disco. Ci sono anche tuoi compaesani.

– Ti piacciono i neomelodici? Stai fuori con la capa?

– Per me Gigi D'Alessio è il top.

Si avvicina a me, vicino al lettore cd, e mette una canzone. *Nessuno te lo ha detto mai.*

– Questa è una delle mie preferite.

Dice tutto fiero.

– Azz, che culo...

Ride. Mi tocca una spalla.

– Che bevi?

– Niente, grazie.

– Non devo fare sempre io la figura dell'alcolizzato.

– Che tieni?

– Le birre di prima o vodka lemmon va bene?

– Va benissimo la vodka.

– Hanno acceso i riscaldamenti. Fa caldo in questa casa. Togliti pure il pullover.

Va a prendere i bicchieri, la vodka e io torno a guardare la pila dei cd per fare qualcosa. Per fare che. Mi abbraccia da dietro. Mi gira. Mi tocca la bocca con la sua. Sparisco. È 1 e 89 e io sono 15 centimetri di meno.

Noi teniamo una faccia quando siamo amore e quando siamo desiderio, una faccia che non ci vediamo e la vede solo chi vogliamo in un istante preciso.

– Stefano, mi sa che non...

Mi mette una mano sulla bocca.

– Sta' zitto, Di Martino.

Mi fa piccolo con le sue braccia intorno. Mi tiene attaccato e vedo la voglia mia di averlo tutta riflessa in faccia a lui. Mi alza il maglione. Tira fuori la camicia. Tira fuori la maglia degli *Intimissimi*. Scava nelle mutande. Si afferra a me. Il suo calore si fa un calore più caldo quando trova la pelle mia. Cade la pila di cd. Sbottona i jeans miei. Gli sbottono i suoi. Mette la testa di lato e cambia gli occhi. Dice dagli occhi dice, dice: Quanto sfaccimma ti voglio Diego Di Martino. Mi toglie tutto da dosso. Mi stende a terra. Io sotto e lui sopra che struscia la faccia sulla faccia mia e la barba sua graffia. La bocca sua chiede addò sta la bocca mia. Lo piglio per le orecchie, me lo porto avanti e indietro e avanti e indietro, gli entro nella gola, se lo fa arrivare giù e me lo sento stringere.

Lo scosto perché mi. Mi fa di. Stefano toglie la mia mano. Mi sposta il braccio, vuole stare là. Vuole assai e allora io mi faccio gesucristo in croce e allargo le braccia, e mi faccio fare la passione. Mi faccio fare la mano che mi mette in bocca dopo e la bocca sua mi fa la mano mia quando sono stanco e tengo le formiche nello stomaco e, e a me mi pare, io non la conoscevo questa cosa qua, mi pare che quando alza gli occhi e vede che tengo i muscoli della faccia disordinati, mò che lui guarda la faccia mia che si fa un'altra faccia a me mi pare che è la cosa più bella di tutto il mondo.

SAN PAOLO
17ª giornata

Questa è la mia città. È il posto dove voglio stare sempre. Questo è il luogo dove sono nato, dove sono cresciuto. Questa città è il posto più bello del mondo. È il posto più insultato del mondo. Questo è lo stadio più bello del mondo. Qui c'è la gente più buona e più furba e più stronza del mondo. Solo i brasiliani ci battono.

La mia mamma è venuta a vedermi. È la prima volta da quando gioco in A. C'è il mio papà. C'è mio fratello Antonio e sua moglie Lisa. C'è mio nipote Agostino che si chiama come papà. Ci sono Matteo Trani e Salvatore Annunziata, due amici miei, siamo andati all'asilo insieme e abbiamo giocato insieme fino al Campionato Esordienti. C'è Donnini venuto a vedermi anche qua. C'è il grande Carmine Abbate, cugino dell'altro Abbate più grande ancora, un difensore eccezionale che mò ha smesso.

Oggi io e Carmine giochiamo contro. Nel tunnel stiamo tutti alla rinfusa. Mancano tre minuti buoni all'entrata in campo. Carmine da lontano mi fa ciao ciao con la mano.

Con il napoletano Roberto Cannavacciuolo, il nostro terzino sinistro, fanno un teatrino. Hanno giocato fino all'anno scorso nella stessa squadra. Quando si vedono cominciano a muoversi a rallentatore, intonano *sciapadapadà sciapadapadà* e come in una moviola vanno uno verso l'altro, si incontrano, si abbracciano, si scompigliano i capelli, si tastano i genitali, il sedere, fanno finta di darsi una grande sola in bocca. Poi si rianimano, accelerano i movimenti come se fossero stati scoperti a fare una cosa che non devono, si passano il dorso della mano sulla bocca e cominciano a dire cose di film famosi.

Roberto urla: – Adrianaaaaa.

Carmine risponde con voce a checca: – Uèèè, che ti allucchi amore mio? Sono andata a stendere un momento i panni. Sto cca!

Carmine con voce roca lo guarda intensamente: – Ti spiezo in due.

Cannavacciuolo, tipo donzelletta che vien dalla campagna, fa: – Maronna, nun m'ó dicere accussì, me faie piglià appaura.

E tutti a stramazzare di risate. Noi. Gli avversari. A schiantarsi di risate nel tunnel, fino a quando l'arbitro ci richiama all'ordine. Nessuno, nessuno nel tunnel penserebbe mai che Carmine Abbate è ricchione.

Stefano è nove giocatori dietro di me.

Da una settimana non mi lascia e non lo lascio, io a lui, lui a me. Lui guanti e divisa nera, macchia verde sulla schiena e con scritto dentro

22
BALDINI.

Contento pazzo mi giro e lo vedo che ha cacciato la testa dalla fila e guarda a me. Fa una lingua e un dito medio. Che stronzetto del cazzo. Snob pure nel numero.

Qualche giorno fa gliel'ho chiesto. "Come mai non tieni l'1?". E lui mi ha dato una rispostella da snob: "Non sono presuntuoso come te. Porti il 10, come se davvero dopo Diego tu avessi *Maradona* come cognome". "Stronzo" gli ho detto. Entriamo.

Abbiamo perso. Terza sconfitta. Due in tre giornate. Qualche problema c'è, inutile negarlo. Porterò sfiga? Pare che ogni volta che segno io si perde. Il Napoli ci ha ammollato tre palloni tre in venti minuti. Sì, ok. Ero incredulo. Segnare a Napoli davanti a mio padre e nella mia città, contro la squadra che lui non è che la ama: è riduttivo dire che la ama. Squaglierebbe il sangue come San Gennaro per il Napoli, si farebbe togliere tutti i denti e sanguinare ogni settimana come a Santa Patrizia per il Napoli. Sono sicuro che quando ho segnato papà, in tribuna, avrà vissuto la contraddizione più grande della sua vita.

Mi ha chiesto di andare a casa. Ho detto di no. Non si capacitava. "Ma sei nella città tua, il Mister lo capirà". Ho detto di no, due volte. Mi è dispiaciuto. "Lo sai papà, lo spirito del gruppo deve stare alto, soprattutto oggi che abbiamo perso" ho detto. Si è convinto, mi ha dato ragione.

In albergo sto in stanza con Stefano. Non riesco a stargli lontano. Non voglio. Me lo voglio mangiare. Voglio fare l'amore con lui ogni volta che posso e dopo voglio restare con lui steso sul letto a fare niente.

– Ste', a che ora partiamo domani?

– Alle dieci. Che palle, potevamo tornare stasera.

– Sai che sto pensando?

– Che?

– Che è una cazzata questa cosa che al ritiro non fanno venire le mogli e le fidanzate. Le ultime quattro partite ho segnato cinque reti. Vertonssen ha ragione: più scopi e più segni.

– Scemo.

Me lo dice sul petto. Appoggiato su di me.

– La trasferta scorsa è arrivato alle dodici e mezza chissà da dove, due ore soltanto prima della partita. Chissà chi si è chiavato, coperto dal nostro massaggiatore che diceva a tutti che stava riposando in camera e a pregare perché è diventato buddista. Era uscito la notte prima. Io l'ho sentito.

– La tua famiglia? Come l'ha presa questa cosa che non sei andato da loro?

– Papà ha fatto un po' di storie, ma poi ha mollato la presa. L'ho rassicurato. Siamo al 20 dicembre. C'è lo stop delle feste di Natale. Gli ho promesso che mi fermerò a casa fino a Capodanno.

Squilla il telefono.

– Chi osa chiamarti mentre sei con me?

Stefano mi dà un buffetto. Si stacca dal petto mio. Prende l'iPhone dal comodino. Guarda il display.

– È Michael.

– A quest'ora?

– Pronto... Che notizia?... Stai scherzando?... Fantastico, fantastico fantastico. Ok martedì sì sì... Siamo ancora a Napoli... Glielo dico io... Certo, è giù con gli altri... Te lo saluto. Ciao!

– Che succede? - chiedo curioso.

Stefano riattacca il telefono e cammina esagitato in circolo nella stanza. Mi metto seduto in mezzo al letto. Lui zompa e zompa.

– Aò, me vuò dicere che è?

Mi salta addosso.

– Una cosa incredibile! Hai presente Gareth Thomas?

– Chi? Chi 'o sape a chisto!

– Rugbista della nazionale gallese. Ha dichiarato di essere gay.

– Azz!

Mi abbraccia e mi bacia tutto euforico. Ripete che è incredibile, che è una cosa meravigliosa e continua a dire la parola gay.

– Sssccchhhh, – gli faccio – i muri tengono le orecchie.

– Martedì facciamo un incontro.

– Io pure?

– No, tu no.

Mi allarga le braccia. Si mette addosso a me. Mi immobilizza.

– Per te c'è un'altra notizia incredibile! – mi struscia la faccia addosso. – Cioè, incredibile forse no.

– Che notizia? – chiedo io.

Mi prende la testa tra le mani.

– Sono pazzo di te.

Che ore sono? Le due? Più tardi. Tornati a Milano. Milano è freddo polare. Milano è due giorni prima di Natale. Siamo usciti con due ragazze dell'agenzia. Io con. Stefano che ne so. *Taverna degli amici.* Cena a copione. Lui va in bagno. Mi arriva un messaggio.

Accompagnamole a casa. La scusa è: allenamento domani alle nove (non sopporto quando ti tocca!).

Rientra mentre lo leggo. Faccio come vuole. Le portiamo dove.

Poi, sotto casa sua.

– Resti?

Non mi dà il tempo di rispondere. Mi bacia in macchina. C'è un lampione che spara luce dentro l'abitacolo. Se qualcuno si affaccia dal balcone ci vede. Se passa qualcuno ci vede. Non possiamo stare così. Siamo cretini. Non riesco a impormi. Sono fottuto di paura ma non riesco ad arginarlo. Mi travolge. Ha un entusiasmo che non so contenere. C'è una parte della mia testa che dice non può fare così, che dice Cosa maronna stai facendo? C'è una parte del cervello che invece non ne vuole sapere, non sente nessuna ragione, non si fa capace di niente e continua a dirmi Che te ne fotte? Qui finisce a bordello.

– Ste', marò. Se ci vede qualcuno?

– Non c'è nessuno a quest'ora. Stai tranquillo.

– Andiamo a mettere la macchina in garage.

Depositiamo la macchina. In ascensore, anche qui, mi bacia. Ho comprato un live di Gigi D'Alessio, nuovo. Lo prelevo dal borsello Vuitton. Glielo do.

– Ecco qua... Ma voglio capire. Che ti piace di questo? A me fa schifo.

Lo prende. Apre la porta. Se lo guarda. Butto la borsa sul suo divano. Lo scarta. Dice grazie. Sta per metterlo nel lettore. Invece mi prende per mano. Dice Lo sento dopo. Mi porta in camera da letto. Io mi faccio portare. Mi mancano solo le mollettine colorate nei capelli, le unghie fucsia glitterate e lunghe e poi davvero sono completa come guagliuncella dei Quartieri Spagnoli.

Sono perso.

IN CASA
18ª giornata

Il giorno di Natale Stefano è rimasto in albergo, all'hotel Vesuvio, da solo. Siamo tornati su e poi di nuovo qui, tre giorni dopo. Io, dai miei, non potevo portarlo. "Natale si fa in famiglia", dice mio padre, non vuole estranei per casa nel periodo natalizio.

La sera della Vigilia sono andato da lui in albergo. Ci siamo messi a vedere i fuochi sul golfo dal terrazzo. Verso le due siamo scesi. Camminando camminando, dall'hotel ci siamo fatti il lungo mare e siamo arrivati fino molo a Mergellina così a fare niente, a prendere freddo e a fare la guardia al mare. Mi ha proposto di andare dai suoi per santo Stefano.

"Vieni, i miei sono tranquilli", ha fatto, "è anche il mio onomastico". Ho detto di sì.

I miei non erano felici del cambiamento di programma. Quando l'ho detto a mio padre sembrava che tenevamo il morto in mezzo alla casa. L'ha presa come offesa. "Se tenevi un impegno lo potevo pure capi'. Che è, ci sta qualche femmina di mezzo?". Non ho negato, gliel'ho fatto credere. L'ho fatto per lui, così non se la lega al dito e mi perdona prima.

Il giorno dopo Natale non lo passo con la mia famiglia. Mi sento in colpa. Andiamo a Tolentino, nelle Marche, a casa dei genitori di Stefano.

Partiamo con la mia BMW, guida lui, quattro ore di strada. Durante il viaggio chiedo notizie dei suoi. Lui niente.

– Lo vedrai tu stesso.

Arrivati a Macerata, Stefano avverte che stiamo per arrivare. Sulla porta di casa ci accoglie l'intera famiglia. Il modo come mi salutano mette addosso naturalezza, fa casa mia.

Subito a tavola. Stefano ha un solo fratello, Gianluca. Si occupa di computer, ha un negozio di assistenza, una moglie, Sonia. E un figlio, Dino. Suo padre e sua madre lavorano come operai nella fabbrica di Nazareno Gabrielli. Sono piccoli di statura. Chissà come mai Stefano è venuto fuori così alto. Lavorano ancora. Stefano li ha più volte invitati a smettere. Con i suoi soldi potrebbero vivere meglio. I signori Baldini hanno accettato solo la casa come regalo da parte del figlio, una casa più grande, perché loro ce l'avevano già una di proprietà.

La madre Gianna fa un sacco di battute. Ecco da chi ha preso l'ironia. Luigi il padre ha la faccia che ride. Fa gli occhi sottili e la bocca si alza da un lato quando è concentrato ad ascoltare. Come Stefano. A un certo punto Gianna rivela che a Stefano piacevano i *Cavalieri dello Zodiaco*. In cantina conserva Pegasus, Cristal il Cigno, Sirio il Dragone.

– La passione però era per quello viola – dice Gianna.

– Viola? È fucsia – precisa Gianluca.

– È quello che si difende. Non è d'attacco come gli altri. Già da piccolo sapeva che voleva, per questo ha fatto il portiere – dice Luigi.

– Certo – ride Gianluca – il cavaliere fucsia delicato, già da allora dovevamo capire.

Lo dice effeminandosi nei movimenti. Gianluca completa la frase e sono io a diventare fucsia. Succede sempre così, ovunque in Italia. Ai pranzi familiari, soprattutto nelle feste, si fa casino, finisce che si litiga.

– Zitto tu! – fa Stefano – Si chiama Andromeda e ha un fratello incredibile, forte. Fenix. Ed è anche alto. Tu sei un nano e sei stato tutto tranne che *La Fenice*.

– La che? – chiede Gianluca.

– Fenice! Il cavaliere che risorge dalle sue ceneri. Soprattutto, corre sempre a difendere Andromeda. Invece, ho dovuto sempre difenderti io quando gli stronzi della banda di Fulvio volevano conciarti per le feste.

– Che c'entra? Tu eri il più alto di tutti. Mettevi paura.

Resto di sasso. Non sapevo che i suoi erano al corrente di. Tutta la famiglia sa. Saprà anche che io non sono "un amico" che gioca a calcio con Stefano.

A fine pranzo Gianluca e la sua famiglia vanno. Prima di andare Sonia chiede a Gianna se le serve una mano.

– Non ti preoccupare, c'è Stefano.

– Sicura?

– Sicura.

– Dino saluta i nonni che andiamo. Dai un bacio pure a zio.

Dino saluta i nonni e poi corre nelle braccia di Stefano.

– Zio, questo è il tuo innamorato?

Sono su *Scherzi a parte*. Non ho dubbi.

– Sì, – fa Stefano – è il mio fidanzato.

Lo dice inginocchiato, con le braccia intorno al nipote. Io in piedi, di fianco al signor Baldini che non fa una piega, lo guardo come a dire: Chitammuorte, potevi avvertirmi cosa mi sarebbe capitato qua. No, non è *Scherzi a parte*. Questa è una sit-com, con colonna sonora anni Cinquanta.

– Dino, mettiti il giubbotto – dice Sonia al figlio.

– Zio, però questo non è lo stesso che è venuto l'anno scorso.

La puntina sul disco fa sccchhhrrreeeng! e buonanotte ai suonatori.

– Dino?! – imbarazzata Sonia.

– No, – risponde Stefano serio – questo non è il fidanzato dell'anno scorso. È un altro. Ma ti piace?

Dino mi guarda da capo a piedi. Ci mette anche più di un istante, due, forse dieci. Un'eternità.

– È più bello!

Sentenzia il mostro di cinque anni.

– Forte! – dice Stefano.

Vanno via. Stefano e sua madre spariscono in cucina. Io mi siedo sul divano, fucsia sicuro, a parlare con Luigi di calcio, della squadra, della nostra posizione in classifica. Il discorso scivola sui diritti televisivi.

– Era meglio prima. Tutta la settimana aspettavi di giocare la schedina. La domenica era un evento. Stavamo tutti con le radio accese. Ora c'è una partita ogni giorno. Sai perché? Per Sky. Tanti soldi. Guadagnate delle cifre che rispetto a prima... Fate più fatica di quelli del passato, lo riconosco. Quelle due tre squadre, comandano loro. La Lega, la Figc, tutto un magnamagna. Il livello economico si è alzato. Danno un sacco di dindì a giocatori normalissimi che spacciano per campioni. Senza offesa per te, Diego, non so quanto guadagni.

– Meno di tanti altri nella mia squadra. Prendo meno di Vertonssen che è una riserva in questo campionato. Io sono titolare.

– Hai visto che è successo, qualche anno fa, al direttore generale della Juve? Quello là... mò non mi viene il nome...

– Moggi.

– Lui. Chi ha vinto lo scudetto in questi ultimi anni? Sempre le stesse due squadre. A parte un anno la Lazio e un anno la Roma. Che pure queste due qua: te le raccomando! Stavano per fa' bancarotta. Adesso è il momento dell'Inter. Ne ha vinti quattro uno dietro l'altro. Secondo me lo vince anche quest'anno... Moggi ne ha combinate che ne ha combinate, abbiamo letto le intercettazioni sui giornali, però non è l'unica mela marcia. Quelli che si lamentano lo fanno mica per onestà. Vorrebbero stare al posto di quelli che denunciano. Tu le sai queste cose più di me, sai quante me ne potresti dire?

– Veramente, signor Luigi, io ne so davvero poco e niente di questi fatti. Io penso soltanto a giocare.

– Fai bene... Il calcio è uno sport. Invece qua...

Stefano e sua madre si affacciano dalla cucina.

– Luigi, stai sempre a polemizzare? Lo hai riempito di parole a questo ragazzo. Stefano, qui finisco io. Accompagna Diego di sopra. Vedi se ha bisogno di andare in bagno, riposare un po'. Vi ho preparato la stanza.

– Va bene mamma... Andiamo su?

Rivolto a me. Andiamo su. Dove c'è una stanza. Nella stanza c'è un letto. Un letto matrimoniale. Continua la sitcom. Ci stendiamo. Mi chiedo se è una questione di culo, se nascere in una famiglia così è mazzo. Magari succede solo nelle Marche, penso a cretino. Magari ha fatto qualcosa Stefano per insegnare alla sua famiglia che ricchione non è niente, è una roba di letto. Una naturalezza che ho visto in *Philadelphia,* che ho visto sulla faccia di Sally Field quando fa la madre di un sacco di figli nel telefilm *Brother & Sister* e ce ne ha uno gay. Sto per domandarglielo come ha fatto, come è successo. Stefano mi precede con una cosa diversa dal mio pensiero.

– Mi dispiace per Dino.

– Scherzi? L'ho trovato eccezionale! – dico sincero.

– C'è una cosa che...

– Stefano, non c'è bisogno di dirmi altro. Ho visto la tua famiglia. Sono straordinari. Tuo nipote ha fatto una domanda legittima. La curiosità che può avere un bambino.

– Aspetta, voglio dire un'altra cosa. Non vuoi sapere chi era lui?

– È importante?

– Lo è.

– Perché?

– È Sandrone Alfieri.

– Porcatroia! – dico con lo stesso accento milanese del Mister.

SAN SIRO
19ª giornata

Martedì 5 gennaio. Il giorno prima della Befana. Gli allenamenti di questi ultimi tre giorni sono stati tosti. Basta che ti fermi un po' e ti devasti e ti smosci, ti pigliano i crampi anche nelle ciglia. Il Mister ha convocato me e Alfieri in privato. Mezzani non ha solo l'influenza: si è beccato un virus intestinale e non si capisce bene che. Sta facendo accertamenti.

Sarà Alfieri a giocare titolare per il prossimo mese. Fuori la porta, sento che gli dice anche "Comunque, al di là di Mezzani malato, avevo pensato di usarti in alternata. Qui non ci sono i posti fissi. Per me siete tutti titolari. Tu non sei tecnicamente inferiore a lui. Dipende dallo schema. Ora non c'è schema che tenga. Sei il nostro asso nella manica. Non mi deludere". Sandrone esce dall'ufficietto tutto soddisfatto.

Entro io.

Il Mister mi fa i complimenti per la forma fisica e per la puntualità agli allenamenti, per l'educazione e per il lavoro che ho fatto oggi, per dirmi che ho giocato bene le ultime partite, per dirmi che conta su di me. In realtà, mi sta dicendo: "Porcatroia, vai alla grande, stai facendo bene e hai tirato fuori il gioco di gambe, così ti voglio, butta giù la cattiveria e non deconcentrarti domani, non farti intimorire che porcatroia sei un grande attaccante". Non me lo può dire così perché sa che me ne vado di capa. Se sei l'allenatore di una squadra di calcio non puoi sapere solo tecnicamente chi è meglio per lo schema, chi è bravo in un ruolo, chi ha fiato, chi ha più talento nei piedi. I tuoi uomini, i tuoi giocatori, li devi conoscere uno per uno, le debolezze e i punti di forza. Ognuno di loro si deve sentire capito e tu devi sapere come fargli arrivare quello che hai in mente, devi ascoltarlo quando cerca di dribblare le regole e se proprio ha un carattere di merda devi farci pace e trovare la via di farti dare da lui quello che ti deve dare. Se sei l'allenatore di una squadra lo sai che tutto si riflette sul campo. Non te lo puoi permettere di non sapere come è fatto l'uomo che decidi di mettere sull'erba nel ruolo che hai deciso per lui.

Il Mister dei verdenero, lo stimato Silvio Regareali, è un allenatore fatto così: ci sa e ci conosce.

Nello spogliatoio restiamo in quattro. Io e Sandrone. Stefano che sta sistemando qualcosa nell'armadietto. Cannavacciuolo che si sta mettendo il deodorante sotto le ascelle.

Sandrone sa di me. Quando Stefano me l'ha confermato mi è preso un colpo.

"Allora si vede!", io preoccupato. "Tranquillo. Lui fa parte della rete. Glielo abbiamo detto noi. Tutti della rete lo sanno di te". Ci penso un momento. "Sanno di me. Io quando saprò di loro?". Dico. Poi aggiungo: "Alla faccia del cazzo della prima regola! Niente sesso nel gruppo? La rispettate tutti".

Stefano si è rabbuiato. "Io e Sandrone stavamo insieme da 3 anni, da prima che entrassimo nella rete, da prima che fosse creata *Marisa*" e qui, il colpo, mi è venuto per davvero.

Io e Sandrone, alle docce, da soli. Azzardo una conversazione.

– Come va? Meglio?

– È una bellissima famiglia, vero?

Si mette a piangere. Per non farsi vedere si butta con la faccia sotto la doccia.

– È stato per colpa mia – dice impercettibilmente.

– Sandrone, non so che dirti... Non mi pare il momento né il caso.

– Stai ancora qua? – mi interrompe Stefano già vestito. – Datti una mossa –, e fulmina Sandrone con un'occhiata.

– Mi metto le scarpe e sono pronto.

Fuori, nel parcheggio glielo chiedo.

– Mi dici 'na bona vota che storia è stata cu Sandrone?

– Poco da dire. È andato a letto con un altro. Con un altro ancora. Con due, insieme. Non mi dice nulla. Lo scopro con la rete. Ristagni. Mi istruisce. Mi dice nomi e cognomi. Io non ci credo. Penso mi dica cazzate per via di questa "anomalia", come chiamava lui il nostro rapporto. Per lui, te l'ho detto, si tratta solo di sesso. A me non mi sta bene questo comportamento. Facciamo l'aperitivo?

Secco. Preciso. Deciso su quello che vuole. Dentro di me sono contento che Stefano sia un ragazzo fatto così.

Due partite di campionato separate da soli tre giorni. E fortuna che i verdenero quest'anno non sono in Europa, altrimenti ci sarebbero stati anche gli impegni di coppa. Sono a pezzi, non è un fatto fisico. Sto facenno 'o giallo dint' 'a mutanda. Nello spogliatoio oggi si parla poco. Oggi gioco contro la squadra di Feemors e di Ristagni. Prima di scendere nel tunnel, Giardini mi prende da parte.

– Ti devo parlare Diego.

Me lo dice senza romano, con tono preoccupato, urgente.

– Dimmi.

Qualcosa di strategia? So che non si tratta di questo.

– Dopo la partita.

Ha una faccia a peste.

– Michè, nun fa accussì. Dobbiamo pensare alla partita, che sfaccimma! Qualcosa di grave? Ti ho fatto qualcosa?

– N'è morto nessuno. Devo parlatte.

– L'ho capito. Ma di che?

– Poi ti dico. Tu gioca cor cazzo. Stai 'a spaccà. Di Marti'
sei 'na spada!

Per dirmi che sto andando bene. Sorride, mi tranquilliz-
za, mi dà una sventola sul pisello.

– Facciamo vedere al grande Milan quanto siamo er meglio!

Mi calma.

Nel tunnel Feemors saluta tutti con l'eleganza di Tyson
quando sta ubriaco.

Primo tempo 1 a 0, rete di Michael. C'è poco da fare.
Siamo forti, ma loro di più. Feemors è incontenibile. Segna
ancora. Sono diavoli malefici. Pieni di cattiveria. Sono una
squadra perfetta. Non imbattibili.

Giardini s'inventa un pallonetto imprendibile. Distanza
accorciata tre minuti dopo. Il Milan non ci sta. Palloni da
tutte le parti. Sembriamo Mila quando si allena in ricezione
e le vanno addosso tutti i palloni bianchi. Mila e Shiro, due
cuori nella...

– Che cazzo fai!

Merda. Solo davanti alla porta, pensavo di essere fuori
gioco, occasione sprecata. Concentrazione. Concentrazione
concentrazione. Frears ha recuperato palla. Difesa milanista
schierata. Affonda Frears, si spinge al limite dell'area, adesso
lo castigano, mi sposto al centro, un momento prima lancia
la palla a cercare il mio sinistro e lo trova, al volo. Pareggia-
mo. Cerco la faccia di Feemors e urlo di gioia. Stringo i pugni
e porto i gomiti piegati ai fianchi, le gambe un po' flesse, gra-
to alla macchina che è il mio corpo. I compagni di squadra
mi saltano addosso, non mi scalfiscono, non cado, non mi
sposto, Careddu mi è salito sulle spalle, così in posa sembro
il robot di Benjo quando lo compone in tutta la sua potenza
e poi urla *Daitaaaarn tre! Per la pace nel mondo combatterò
i meganoidi con la potenza del Daitarn 3. Se non temi questa
potenza, fatti avanti!* A tempo scaduto Stefano sta per fare

una pisciata assurda. È troppo avanti. Ristagni da lontano lo vede e prova a fargli lo scherzetto. Un pallonetto a misura, da trenta metri. Stefano indietreggia. Potrebbe prenderla con un colpo di reni, all'indietro. Invece lui si tuffa in avanti, butta le mani a terra, è pazzo, penso io da sessanta metri, e stende tutta la lunghezza delle sue gambe parallelamente al suolo e poi, piegandole di novanta gradi respinge la palla. Una cosa alla Higuita, la parata scorpione. La palla balza lontana, verso la linea di fondo, a destra.

Stefano si rialza e a Ristagni, con la mano chiusa a puparuolo, gliela muove di polso avanti e indietro come a dirgli: "Che ti credevi?" e fa la faccia buffa. Per un attimo ride anche Ristagni e mezza squadra del Milan, ridono un po' su tutte e due le panchine. Pochi secondi e arriva il fischio finale: 2 a 2. S'era messa male. Abbiamo recuperato un punto prezioso e in casa dei diavoli!

Rientriamo nello spogliatoio. Chi si siede sulla panca, chi resta in piedi, chi si appoggia all'armadietto, chi sta già in mutande con il telefono in mano, ma tutti ascoltiamo il Mister che ci parla. Pensavamo a complimenti. Invece no. Non è contento. Abbiamo avuto culo, questo dice. Di solito ci parla sull'autobus. Stavolta non tornerà con noi, per questo dice ora.

Saluta.

Apertura acqua doccia. In sincrono. Michele mi dice di aspettarlo se finisco prima io. Apre la borsa. Accende il telefono. Trillo di messaggio ricevuto. Due messaggi. Tre. Quattro. Gli arriva una telefonata. Risponde.

– Che è successo?

Si allarma Michele. Resta in silenzio, apprensivo, ascolta la persona dall'altro capo del telefono.

– Adesso?... Non li ho letti... Vengo subito.

Apprensivo.

– Scusami Diego, vado in ospedale. Mio figlio è stato ricoverato d'urgenza per una peritonite, l'hanno già operato.

– Azz, e mò comme sta?

– Mi' moglie ha detto tutto bene, ma vado in ospedale. Ti chiamo più tardi o domani e ci diamo una punta.

Non si fa la doccia. In dieci secondi è pronto. Saluto cumulativo. Esce.

RITORNO

Se un giorno di settembre ti senti solo a Milano, anche se vai a cena ogni giovedì a casa di Giardini, il numero uno della squadra magnifica dove giochi. Se un giorno di settembre trovi un altro marchettaro con cui scopare e dopo non ti resta niente da dire, e se lo cerchi al telefono poi lui te lo ricorda che sei soltanto un lavoro da sbrigare. Se una sera di ottobre, stai tutto stopetiato dalla solitudine come se avessi bevuto e per poco non ti schianti con la tu BMW, ti viene a recuperare il tuo procuratore e ti rivela che ci sta una rete di calciatori tutti ricchioni, si vedono almeno una volta a settimana per stare tutti quanti insieme e vogliono che pure tu stai con loro. Se un'altra sera, ma di fine ottobre, vai a cena da Feemors e ti viene una mossa quando vedi chi sta a tavola, e se in questa rete c'è pure il portiere titolare della squadra magnifica dove tu giochi. Se un pomeriggio di novembre segni il tuo primo gol in serie A. Se un pomeriggio tu finisci l'allenamento con i verdenero, la tua squadra che più squadra non c'è, ed esci a bere qualcosa con il tuo compagno di squadra portiere e ricchione e dirigente della rete dei ricchioni che giocano a calcio. Se una sera di dicembre il portiere titolare ti porta a prendere un aperitivo e poi andate a casa sua e ti spoglia davanti a una pila di cd di Gigi D'alessio e ti fa quell'amore che tu vuoi, che non sapevi che lo volevi e se, se una sera di dicembre,

lo stesso portiere titolare dei verdenero ti dà un bacio in mezzo alla strada a mezzanotte in macchina e c'è qualcuno che
ti vede allora non lo sai, ma tu, il più promettente attaccante
del campionato italiano, sei definitivamente fottuto.

IN CASA
20ª giornata

Al lounge bar di via Washington, Gaia viene verso di noi. Arriva al tavolo come se stesse percorrendo il red carpet di Cannes. La prima cosa che dice è che non l'ho più chiamata. Faccio la mia parte di seduttore tamarro.

– Scusa, hai ragione. Comunque, per essere precisi, nemmeno tu mi ha chiamato per Natale.

Aggiungo presuntuoso.

– Eh, ma io sono femminuccia.

Ride, la stronza che è.

– E poi, ti ho chiamato un paio di volte. Mai risposto. Mai richiamato tu. Eh eh cattivone, non si tratta così una ragazza che ha perso la testa per te.

Questo è vero. Altro che un paio di volte. Per due tre settimane una persecuzione. Mi ha fatto una ventina di chiamate. Senza contare i dieci e passa messaggi bollentissimi.

– Chiedo umilmente scusa. Gli impegni sono tanti, conosci il calcio come è fatto.

In realtà, le sto dicendo: "Ti sei scopata serie A e serie B messe assieme e li conosci i calciatori come si comportano. Soprattutto con le put... le ragazze escort".

Mi alzo dalla sedia e inchino la testa.

– Fammi pure quello che vuoi, adesso.

Tutta smaniosa. Petulante. Fa sorrisetti. Appoggia la mano sul nostro tavolo.

– Sei perdonato. Piuttosto, che fanno due fighi come voi soli soletti?

– Ci amiamo.

Risponde Stefano.

– Ne avevo il sospetto. Ora capisco perché sei sparito.

Rivolta a me.

– A proposito, sono in compagnia. Arrivo subito.

Sparisce fuori e torna dopo cinque secondi trascinandosi appresso Maurizio Santamaria, dirigente figliodiputtana della nostra società, seguito a ruota da Simone Ristagni, tutto nero bruciato dalle lampade e con la sua insignificante moglie. Quindi Marco Natti con Sara. Arrossisco. Un po' di imbarazzo se penso alla notte della nebbia. Poi Micol, grande amica di Gaia, reduce dalla rottura con John Freelay. Non è sola: con lei c'è Michael Feemors.

Puttanaeva. Lo penso, sempre con accento Regareali.

– Regazzì, che state a fa'?

Dice Natti, arrivando.

Gaia fa gli onori.

– Vi conoscete? A parte il vostro megadirigente – sorride lei oca. – Penso di sì, dai.

Scambio di baci, strette di mano, di come stai?, di bene grazie, di e tu?, di anch'io, tutto ok.

– Ormai voi due siete indivisibili – dice Natti. – Me l'ha detto Silvio.

– Chi?

Fa Gaia.

– Il Mister.

In coro io e Stefano, sovrapposti da "l'allenatore" che invece dice Santamaria.

– Coppia fissa.

Aggiunge subito dopo Santamaria.

– Sì, ma non lo amo, lo giuro.

Dico. Tutti ridono.

Ci sono momenti che tu fai quello che gli altri fanno. Quello che si aspettano. E se lo fai, quelli furbetti pensano che lo fai apposta. Quelli furbetti-furbetti pensano che lo fai apposta-apposta, vuol dire che il significato si annulla due volte e quindi è assolutamente vero quello che tu vuoi far passare per falso. Marco sogghigna. Furbetto-furbetto è tra il divertito e l'incazzato. Lo conosco. Mi sta dicendo qualcos'altro.

Mi sta dicendo: "Ma li mortacci vostri!, non potevate annà 'a piccionà da 'n'artra parte? Nun ce l'avete 'na casa?".

Santamaria si aggiusta un gomitolo sul sopracciglio pettinato a spazzola e guarda Gaia come a chiederle: "È andato a posto?".

Gaia si porta la solita ciocca di capelli slavati dietro il solito orecchio, come a dire: "Sì, non preoccuparti", e poi dice un'altra cosa inutile. A me.

– Ti ho chiamato un sacco di volte, sul serio.

– Volevo chiamarti alla Befana per farti anch'io gli auguri. Anche oggi mi sei venuta in mente.

Un replay. In pratica, avevamo già detto questa cosa. Santamaria si allontana per rispondere a una telefonata. Lei si sente libera di flirtare.

– Il giorno della Befana? Ti sembra il giorno più appropriato per telefonarmi?

Ride come una scema, ma solo perché è davvero scema. Anch'io rido, più scemo che mai. Mò devo farle un complimento.

– Se tu fossi la Befana, mi farei portare i doni tutto l'anno.

– Ah ah ah ah. Non ci crederò mai.

Quanto è cretina da uno a dieci?

– Lo so che te ne vai in giro a rimorchiare ragazze ingenue come me, tu e il tuo bell'amico portiere.

– Io non rimorchio proprio nessuno.

Sprucido Stefano. Si rende conto di essere stato troppo aggressivo. Poi, sornione ripara.

– Semmai, mi faccio rimorchiare.

Risposta da manuale del pallonaro. Michael e Simone non dicono una parola. Micol e Sara si annoiano. Marco si infila una mano in tasca ed estrae il cellulare per controllare le chiamate.

Gaia affonda l'attacco.

– Il numero ce l'hai.

– Ti chiamo, promesso. Croce sul cuore.

Mi lancia un bacio. Gira i tacchi e va verso Santamaria, che fa un cenno di saluto da lontano. Micol e Sara ci allungano la mano. Salutano. Vanno. Natti ci punta contro due dita a mo' di pistola.

– Ce se ribecca in giro, belli de casa!

Michael e Simone restano. Aspettano che gli altri siano a una distanza insonorizzante, un punto cieco per incenerirci con lo sguardo.

– Cosa cazzo state facendo? Maremma bovinara.

Simone a denti stretti. È furioso. Aggiunge.

– Si vede da un chilometro.

La faccia gli cambia colore. È furioso forte.

– Ci è arrivata voce.

Aggiunge Michael prendendo il mio Daikiri. Fa un sorso e dice a voce alta.

– Voulevo sentiurti ieuri.

Poi, quasi sopra l'orlo del mio bicchiere, aggiunge.

– Se è arrivata a noi vuol dire che è arrivata a tutti.

Simone prende il portafogli dalla tasca.

– State facendo casino.

Stefano, con sorriso largo e tranquillità, attento a che non senta nessuno, non si lascia intimorire.

– Ristagni, pensa ai cazzi che ti fai tu.

– Non fate minchiate.

Ristagni mette sul tavolo una banconota da venti euro. Urlante e sorridente.

– Dai! Il piacere di offrire da bere a due rivali! Non capita tutti i giorni!

Stefano scuote la testa come a dire no e sposta la banconota verso Simone.

– Forse è meglio, no? Meglio mandare tutto all'aria.

– Non dire stronzate Ste'.

Lo dico io.

– Simone ha ragione.

Proseguo convinto e imitando Stefano nello scuotere la testa come a dire: "No, non permettiamo che paghi tu".

– Ora aggiustiamo ogni cosa.

Concludo.

Sperando di essere stato convincente. Per la verità, mi sto fottendo dalla paura.

– "Aggiustiamo"?

Michael vorrebbe dire anche altro, ma vuota il mio bicchiere e mi spara un sorriso che pare la pubblicità di un dentifricio.

– Andiamo.

Dice rivolto a Simone.

– Ci vediamo giovedì da *Marisa*. Sei invitato anche tu, Diego.

– Certo.

Rispondo con la massima autorevolezza di cui sono capace con lo sguardo. Ristagni raccoglie la banconota dal tavolo. A voce alta dice.

– Questa non la passi liscia Baldini. Questa la paghi!

Sventolando la banconota. Salutano come se niente fosse, con un gesto della testa e una mano alzata.

– Che maronna voleva dire?

– Diego!

Stefano attira l'attenzione dei due ragazzotti che servono ai tavoli. Poi, zitto e nero.

– Ma chi sei? Alice nel paese delle meraviglie? Non hai idea, non hai idea del casino che succede adesso.

– Tu sì? Se ne avevi invece idea, mmocca a mammeta, nun era meglio evitare di fare *Mila e Shiro due cuori nella pallavolo*?

Mi alzo. Lo lascio solo al tavolo e vado fuori.

Accendo una Marlboro.

Che coglione, penso.

In quale chillastramuorto di guaio sono andato a mettermi?

FRIULI
21ª giornata

Lunedì ognuno a casa sua, non ci siamo visti. Abbiamo evitato.

Martedì niente uscita serale con le donne. Partita il giorno dopo. Mercoledì, dopo il Bologna, al lounge bar io, lui, Freelay e Cannavacciuolo. Giovedì a cena da *Marisa*. Cioè, che cena? Insulti. Simone una iena. Dieci minuti in tutto. Il tempo di essere espulso per aver violato la prima regola. Io espulso. Stefano no. Ma lui ha detto: "Se buttate fuori lui buttate fuori anche me". Siamo andati via.

Cinema. Siamo nella merda totale e noi andiamo al cinema. Stiamo facendo un bordello. C'è il bordello più totale ma noi andiamo a vedere *Come Dio comanda*.

"La cosa migliore è continuare a comportarsi normalmente, fidati", ha detto. "Allora andiamo a vedere 'sto film, così è tutto normale", assecondandolo. Il romanzo non gli è piaciuto, ma l'ha scelto lui il film. Ho letto il libro. La scena del cane e del figlio, all'inizio, è troppo bella.

Venerdì. Stefano parcheggia dietro la mia macchina, sotto casa sua.

– Ti fermi?

– No, Stefano. Domani l'agente immobiliare mi ha fatto il piacere di venire a casa alle sette e mezza. Devo dargli la caparra. Poi di corsa vi raggiungo all'aeroporto. L'Udinese te la sei scordata?

– Hai deciso di comprarla la casa che hai visto a San Donato?

– Mi piace, è piena di finestre.

Due aprono dalla parte mia. Altri due aprono la portiera dalla parte sua. Hanno la faccia coperta. Ci trascinano fuori dalla macchina. Un pugno nello stomaco a me. A lui una pistola contro. A me un cazzotto in bocca. A lui un braccio smerzato, al contrario. Dal lato mio una capata in bocca. In tre mosse io sono scassato. Lui reattivo. Ci scaraventano in un Audi. Dietro, in quattro. Noi due in mezzo e due diavoli custodi ai lati. In meno di trenta secondi.

– Che cazzo volete?!

Chiede Stefano. L'uomo gli dà una botta col gomito in piena faccia.

Ci portano al parco Nord. Sappiamo cosa c'è, di notte, in questo parco. È cruising. È chiavate. È scopate. È ricchioni. Se ci portano qua, le cose stanno messe molto male. Ci fanno scendere.

– Dammi il telefono e il portafogli – dice l'uomo con la pistola a Stefano.

– Pure tu – dice a me.

– Prendete quello che cazzo volete e lasciateci andare.

Stefano, che ha capito come me, cerca di avere conferma. Speriamo fino all'ultimo di sbagliarci. Che è solo una sfaccimma di rapina.

– Zitto e cammina.

Dice con un ghigno pistola.

– Dove mi porti bellezza?

Stefano spavaldo. Si gira e gli si piazza di faccia.

– Attento amore, così mi vieni addosso.

– Fra poco. Si gioca fra poco.

Pistola fa capire a Stefano di rigirarsi e continuare a camminare.

– Andiamo.

Sono in quattro. Quattro diavoli. Camminiamo per cinque

minuti, forse dieci. Sento una canna nella schiena. In mezzo al parco, dietro una siepe. Due stanno chiavando. Si accorgono che sta arrivando gente. Vanno via. Dal bosco fitto e buio, ci vengono incontro due persone. Prendo coraggio. Faccio per fuggire. Un calcio sullo stinco mi fa piegare in avanti, mani sulle spalle mi spingono giù, mi fanno inginocchiare, braccia mi afferrano le braccia e me le allargano, mi immobilizzano. I due che ci vengono incontro hanno il volto coperto. Il primo accelera il passo verso Stefano, gli dà uno schiaffo, lo sbatte a terra. L'altro gli dà un calcio nello stomaco, due. Pistola sbatte sulla tempia. Mi spacca un sopracciglio. I diavoli di Stefano lo spogliano. Due gli tolgono il giubbino di pelle, il maglione azzurro che gli ho regalato a Natale. Un indumento che va uno schiaffo che viene, un pugno, un calcio. Gli abbassano i pantaloni, gli stracciano le mutande e uno sputo in faccia.

Uno gli passa tre girate di scotch sulla bocca. Pistola mi alza la faccia. Uno dei nuovi arrivati si toglie lo zaino che aveva in spalla.

Madonna del carmine ho paura, lasciateci stare, sta' zitto, dice uno, e dà un pugno in bocca a stefano, i diavoli tutti intorno a lui, voglio liberarmi e pistola mi colpisce sulla nuca, finisco a faccia a terra nel fango, uno gli lega le braccia dietro e un altro gli mette un filo spinato a stefano e gli entrano le spine nella carne, le urla sue passano dal naso e dalle orecchie, le spine entrano nei fianchi e nel torace e nelle braccia, striscio nel fango e uno mi dà un calcio sulla schiena e l'altro pure mi dà un calcio sulla schiena e vedo a stefano nel buio, gli occhi suoi dicono non ce la faccio fa' qualcosa, divento enorme, mi faccio quello che non sono e trovo una forza che non tengo, quando ci metti il cuore arrivi ad avere coraggio e forza che non hai, mi alzo e do addosso a filo spinato, con stefano che è sangue do un pugno all'aria e un altro in faccia a pistola due, non so da dove mi esce questa capacità, pare che tutta la vita mi sono allenato per stare qua mò così, un calcio nelle palle mi piega e che me ne fotte, non ti conviene dice pistola uno e me la mette in bocca e me la struscia avanti e indietro come un pompino, i vostri giochetti del cazzo sono finiti, dice il nuovo che tiene la voce la conosco, chi maronna sei? glielo sto per domandare e un calcio in faccia mi fa volare a sinistra, scopati tua madre e tua sorella, non sei un cazzo, non vali un cazzo come attaccante, dice a me, e va verso stefano che sta steso terra e gli poggia un piede sulle spine, gliele spinge più dentro, la devi finire, dice, e spinge di più col piede, questa è la seconda volta, dice, lo prende per i capelli, ma che fai? vuoi scoparti tutta la squadra? gli dice in bocca, guardo il suo braccio con la manica del giubbotto tirata su e vedo il tatuaggio e dove, dove l'ho visto?, è giussy il capo degli ultras, lascialo curnuto! 'o saccio chi si'!, i due pistola mi raccolgono da terra e mi mettono a braccia larghe, a croce come prima, giussy caccia il coltello e me lo mette sul collo, si scopre la faccia e bestemmia, che cazzo fai?, dice uno dei diavoli, ora come la mettiamo, pirla? mi dice giussy-coltello a volto scoperto, coltello sulla mia faccia passa e ripassa tra le sue mani e faccia mia, calcio nello stomaco un altro e un altro e una scarica e non respiro, basta alberto, dice pistola uno, ha capito dice pistola due, andiamo sta arrivando la polizia dice pistola uno, attento a quello che fai di martino, dice giussy, attento a quello che dici, ti faccio a pezzi se fai una sola parola culattone di merda e spariscono tutti, inghiottiti dal nero, pistola uno e pistola due, coltello e filo spinato, io nel fango tutto rotto, con una mano mi tengo lo stomaco e con l'altro braccio arranco e striscio, sto qua, è finita ste', se ne sono andati, gli tolgo lo scotch dalla bocca, non posso abbracciarlo, voglio slegargli le mani ma ha il filo intorno e gli faccio male, lo tolgo e stefano urla, sento con le dita il sangue che esce da cento buchi del suo corpo, mi metto le mani in faccia, tolgo tutto il filo e stefano schiatta di dolore e me lo metto in braccio così, così adesso che il suono blu arriva nel parco, stai in braccio a me ste', nun te preoccupà, se ne sono andati, ste' mi senti?, ste'?, aiuto, aiutatemi,

aiutateci.

IN CASA
24ª giornata

Sabato 30 gennaio, ore 02.47. Nell'ambulanza mi hanno messo vicino a Stefano.

– Dimmi come sta.

All'infermiere, come fosse un ordine.

– Non si preoccupi, non è in pericolo di vita. E stia steso, per favore.

In ospedale, al pronto soccorso, con la coda dell'occhio vedo Michele Giardini. Viene verso la barella.

– Che cazzo è successo?! – incredulo.

– Fammi la cortesia, chiama Marco Natti, chiamalo subito. Ce l'hai il numero?

Marco arriva mezz'ora dopo il ricovero.

– Stefano, come sta Stefano? – chiedo io, andando in sala radiografie.

– Sta bene – mi rassicura Marco.

Faccio gli occhi come se dicessi che non ci credo.

– Non te sto a di' cazzate. Sta bene – ripete.

– Quel cornuto di Giussy – dico.

Marco si abbassa verso di me e mi dice in un orecchio.

– Siete dei cazzoni. Non dire niente. Niente di niente, hai capito? Sistemo tutto io.

Regareali e Santamaria. C'è anche Pietro Minerva, il Presidente. Parlano tutti e tre con i due poliziotti che ci hanno trovato nel parco.

ANSA – Milano, 30 gennaio, 06.59 – Stefano Baldini e Diego Di Martino, portiere e attaccante dei verdenero, sono stati aggrediti e derubati durante la notte. Non è ancora chiara la dinamica dei fatti. Da una prima ricostruzione, i due compagni di squadra tornavano dal cinema e si stavano salutando sotto l'abitazione del Baldini. Quattro uomini armati di pistola si sono avvicinati. Baldini ha tentato di ribellarsi. I malviventi, probabilmente infastiditi dalla reazione, hanno costretto i due a salire in un'auto. Li hanno portati in un posto isolato e li hanno malmenati. Hanno portato via i loro giubbotti, catenine, orologi, la macchina di Baldini, telefoni e portafogli. I due calciatori, recuperati da una volante della Polizia, sono stati trasportati al San Raffaele dove sono tuttora ricoverati. Dieci giorni di prognosi per Di Martino. Baldini invece ne avrà per quaranta giorni. Le condizioni dei due calciatori non sono critiche.

Sabato, 30 gennaio, ore 11.03. Devono avermi dato qualcosa per dormire. La Polizia viene a parlarmi. Faccio la mia dichiarazione. Nemmeno una parola su Giussy, come ha ordinato Marco. In stanza entrano Careddu, Freelay e Cannavacciuolo. Mariotto. E Simon. Sono tutti incazzati per quello che ci è successo. Lo dicono. Lo dimostrano. Sono veri. Sono i nostri compagni di squadra. Hanno avvisato la mia famiglia. È arrivato mio padre. Mia madre. Sono spaventati. Mi sveglio e me li trovo vicini al letto.

– Guagliò, mannaggia a capa toia – dice mio padre con la faccia di chi si è preso una paura forte.

– Comme te sienti?

Gli faccio un sorriso.

– Bene bene... Non mi hanno fatto niente.

Guardo Roberto Cannavacciuolo ai piedi del letto. Gli chiedo di Stefano.

– Sta durmenno. Ci sta tutta la squadra, so' venuti tutti quanti.

Poi guarda Freelay e dice.

– Uè, mò ce ne andiamo. Fra tre ore ci sta l'anticipo col Bari.

– Grazie, grazie ragazzi – faccio.

Sabato, 30 gennaio, ore 16.37. I verdenero hanno vinto. Michael e Simone entrano nella mia stanza. Stanno chiedendo come sto. Io cambio faccia e mio padre se ne accorge. Capisce che non li voglio qua.

– Li troveranno questi figli di puttana – è Ristagni.

– Staunno già indagaundo – il Michael pubblico.

Mi rabbuio a peste.

– Uno lo so chi è – dico.

Feemors a voce dura.

– Sei sicouro?

Alzo la testa dal cuscino.

– Certo che sono sicuro!

– Riposati Diego. Lascia fare il lavoro alla Polizia – mi interrompe il Michael privato.

– L'ho riconosciuto! – perentorio io.

Mio padre

– Chi è?

Guardo Michael e non ho fegato di rispondere.

– Meglio che ti riposi – mio padre.

Lo dice come a dire: "Uscitevene tutti mò mò da qua dentro".

Quando tutti sono andati fuori, mio padre a me.

– Chi è 'st'ommo 'e merda?

– Non sono sicuro, papà. Nun so' sicuro chi è.

Martedì, 2 febbraio, ore 14.09. La flebo è finita. La stacco. Vado da Stefano. Mio padre si fa afferrare per pazzo. Mi accompagna. Mia madre dietro di noi con le lacrime zitte. Papà, nel corridoio, le fa una cazziata con lo sguardo. Non vuole che pianga, non lo sopporta, nemmeno se in silenzio. Entro da Stefano. Ci sono Gianna e Luigi, anche Gianluca. Mi abbracciano.

Noto che conoscono già i miei. Si saranno presentati mentre dormivo. La faccia viola, rossa. A vederlo così, incerottato, con la flebo appesa al braccio, con il corpo più chiatto di quello che ha per le bende che gli hanno messo, mi sale una rabbia che non finisce più.

– Non è niente di serio – Gianna per rassicurarmi.

Luigi mi mette una mano sulla spalla. Papà si sorprende.

– Tre costole rotte. Il polso è contuso, non è rotto. Il braccio sinistro glielo hanno ingessato per sicurezza, per farlo stare immobile.

Abbraccio Luigi. Papà ci osserva interrogativo. Esco come un ippopotamo dalla stanza. Papà mi segue.

– Dammi il tuo telefonino – gli intimo. – Non me ne fotte niente, la deve pagare! – a voce alta.

– Ma chi? Sai chi è stato? Perché nun l'è ditto 'e guardie? – mio padre.

Girato l'angolo del corridoio Natti con Ristagni e Gaia.

– Hanno esagerato – sta dicendo la puttana.

Mi vede. Mi viene incontro con il viso addolorato di circostanza.

– Simone mi stava spiegando tutto.

Fa per abbracciarmi. Mi scosto.

– "Esagerato?".

Feemors e Santamaria si avvicinano spediti.

– Hanno esagerato. Potevano prendersi quello che volevano e andare ma, ma voi? Perché avete fatto resistenza? – cinguetta.

– "Resistenza?" – io fuori di me.

– Signor Di Martino! Cosa fa in corridoio? – il Primario dell'ospedale.

Il Primario fa cenno a un'infermiera di accompagnarmi.

– Si assicuri che il Signor Di Martino rientri nella sua stanza.

Guarda il mio braccio.

– Ha finito la flebo?

– Era finita – mi difende papà.

Si riprende anche il telefono dalla mia mano. Obbedisco al Primario. Santamaria mi affianca.

– Ragazzo mio, vedi che ti vogliamo tutti bene. È venuto anche il presidente. Abbi cura di fare molta attenzione a quello che dici, soprattutto ai giornalisti. Sono sempre a caccia di fatti scabrosi, inventano scandali che non esistono pur di vendere qualche copia.

– Dottore non si dia pena. So cosa dire e come dirlo – rispondo duro io e senza inflessione dialettale.

Maurizio Santamaria mi afferra un braccio. L'infermiera va avanti per conto suo. Si accosta alla mia bocca.

– La casa a San Donato te la regala la società.

– Che cosa?

Non capisco dove vuole arrivare. Come fa a sapere della casa che voglio comprare?

– Mi lasci.

Gelido.

– Per cortesia.

Aggiungo.

Un regalo. La società vuole premiarti. Di Martino, le ultime dell'andata sei stato fenomenale. Vede la faccia mia.

– È stato davvero fantastico.

Passa al "lei". A metà corridoio, prima di entrare nella stanza, Santamaria non aspetta nemmeno che io dica qualcosa. Si gira. Se ne va. Di me non sa nemmeno il nome di battesimo: ci scommetto. L'infermiera è davanti alla porta della mia stanza.

Faccio per raggiungerla. Santamaria, da lontano mi chiama.

– Diego!

Azz. Lo conosce il nome mio. Mi volto.

– Per la casa, lasci perdere San Donato. Meglio in centro.

Non dico a piazza Duomo. Va bene anche un via Solari, piazza Napoli. Potrebbero andar bene? Ci sono case in vendita a piazza Piemonte. Se vuole mi informo. Mi dia retta. Più comodo, no? Per lei, dico.

Molti giocatori abitano in quella zona. Non è un caso che abbia nominato posti intorno a corso Magenta.

L'infermiera infilza l'ago di una flebo nuova di zecca dentro il mio braccio. Papà va a pedinare il Primario. Per la quarta volta gli va a chiedere se le gambe e la schiena stanno a posto. Il medico sociale e il fisioterapista, tutta la squadra del recupero, glielo hanno già detto trenta volte che non ci sono danni alla schiena. Ai piedi. Alle gambe.

Io steso con la flebo e Marco Natti seduto sul letto.

– Ho riconosciuto Giussy. L'ho riconosciuto dai tatuaggi. Si è tolto persino il passamontagna.

– Me lo hai già detto.

– Eh.

– Non conviene a nessuno che venga fuori il vero motivo dell'aggressione. Lascia perdere la Polizia. La risolviamo noi la faccenda. Te lo prometto.

– Ci hanno massacrato.

Una fitta allo stomaco. Colpo di tosse.

– Vero. Sta' carmo però. Avete fatto 'na cazzata grossa quanto 'na casa.

– Il filo spinato. Gli hanno messo il filo spinato. Quale cazzata abbiamo fatto per giustificare una cosa così?!

– Statte zitto, coglione.

– Che sta succerenno cca?

Mio padre.

Io silenzio.

– Un po' di nervosismo, è comprensibile dopo quello che gli è capitato.

Mette una toppa Natti.

– Riposati. Se ti serve quarcosa sto fuori, nel corridoio.

Se ne esce.

– È proprio una brava perzona il tuo procuratore. Si vede ca ci tiene a te. Sta qua da tre giorni. Non si è mosso manco per pisciare – osserva papà.

Mercoledì, 10 febbraio, ore 09.45. Firmo l'uscita. Vado da Stefano per dirgli che torno più tardi. Marco mi porta a casa. A casa mia c'è mia madre. Mio padre se ne è sceso giù a Napoli. Teneva da lavorare al negozio nostro di biancheria.

– Se non rispetti le regole sei emarginato. Vale sempre e non solo nel calcio. Se ti capita un arbitro che è quell'arbitro e non un altro, sai perfettamente qual è il margine di fallosità e di aggressività che puoi permetterti in campo. Se siamo a fine gennaio, sai che i controlli incrociati sangue-urina si intensificano, perciò non può più buttar giù sbobbe per correre come il figlio del vento e se hai combinato il risultato di una partita ti squalificano anche il culo, anche se giochi con la squadra della purchiacca. Sai anche che la giustizia sportiva ti dà un buffetto sulla guancia se giochi invece con la squadra della figa. Anche se purchiacca e figa sono la stessa cosa, la prima è al Sud e la seconda è al Nord. Lo sai. Se sei davanti alle telecamere con i microfoni accesi, lo fai il teatrino del perfetto Mister o del perfetto giocatore pieno di fair play con tutte le frasi che sai di dover dire. Sai anche che quando la lucina si spegne si parla onestamente tra uomini di calcio e si dicono le cose così come stanno davvero. Se ti ho fatto arrivare a questi culi chiacchierati della rete è perché mi aspetto che tu ne tragga beneficio, in qualche modo spero che ti sia di aiuto. Ora, visto che sei un cazzo di maledetto rottinculo attaccante sotto la stracazzo di lente di ingrandimento di tutte le società perché sei un fottuto frocio pieno di talento, non ti è passato per la mente che ti dovevi dare 'na regolata?! Anzi, tu che fai? Ti fai beccare dagli ultras! Complimenti!

Quando Natti fa tutto l'italiano mi sfranteca la uallera. Mi scarrupa i coglioni. Quando fa l'italiano vuol dire che sta parlando di soldi.

– Chill'ommo 'e merda. Lo denuncio.

– Ma che stai a di'?

Marco vuole che faccia passare liscia l'aggressione e che non denunci nessuno. Secondo il suo modo di pensare, io e Stefano 'sta paliata ce la siamo cercata. Anche se vuole fargliela pagare a questi, e con lo stesso loro sistema.

– Se sei ultrà hai l'abbonamento, vai con l'autobus insieme a tutti gli ultras della tua squadra dalla Valle D'Aosta alla Sicilia al Veneto alla Puglia. E non ti sconfinfera che in squadra c'è un culo. In nessuna parte d'Italia un tifoso ammette una cosa così. È impensabile che il portiere se lo fa schiaffare in bocca dalla punta avanzata. Li froci nel calcio nun e-si-sto-no.

– E sì! Schiaffatevelo bene in testa tutti quanti! I ricchioni i gay gli omosessuali le checche i bucaioli i culattoni i busoni i finocchi gli arrusi, nel calcio, nun esistono! E sòna, sòna sò 'ncoppa 'a 'sti spalti !, mmocca a mammeta e abballa!, 'nculo a soreta e canta!, canta!, chella bucchina 'e nonneta e chi non salta rottinculo è! È! È.

– Porca zozza! Come te lo devo di'? Nun se pò fa'!

Mi scarica a casa. Non lo faccio salire. Non lo saluto. Lui fa una sgommata. Passa col rosso al semaforo. Mi viene in mente, certo, mi viene in mente quella notte a Cesena. Stavolta, però, Anna Maria non può risolvere questa furia rossa che mi esce dagli occhi.

No.

TARDINI
25ª giornata

Il Mister mi ha chiamato. M'ha chiesto se me la sento di accompagnarli a Parma. Non per giocare, ovvio. Così, come supporto. Se mi fa piacere. Per i tifosi sarebbe una bella cosa vedere che sto bene. Che tornerò in campo prestissimo.

Ho detto di no.

Da quello che Regareali mi dice al telefono, Stromberg al mio posto sta facendo disastri. Il Mister lo sta usando in alternata con Vertonssen. Non ho seguito molto, questi giorni. Mariotto, visto che dovrà giocare al posto di Stefano almeno per due mesi, s'è dato una calmata con la coca. Me l'ha fatto intendere Erik, quando è venuto a trovarmi in ospedale.

Chiudo la telefonata e accompagno mamma alla stazione. Mamma è sempre stata l'ombra di papà. Non l'ho mai sentita dire più di venti parole di seguito. Ma ogni volta che l'ho cercata, che ho avuto bisogno, lei era lì, avvisata dal suo senso speciale di madre. Anche in questi giorni, alzavo lo sguardo e incontravo il suo pronto a dirmi "Sono qui, sono tua madre, sto qua".

Adesso però non voglio rimanga a Milano. Ho bisogno di muovermi in libertà. La accompagno fino al posto suo, in carrozza. La saluto. Scendo dal treno. Parte.

Direttamente dalla stazione vado in ospedale. Parcheggio. Entro. Mi dirigo nella sua stanza. La porta è aperta. Da fuori vedo Gianna seduta, davanti al letto. Stefano ha ancora lividi sul collo. L'occhio destro si è sgonfiato. I graffi sulla fronte sono rette scure scure. Sulle braccia i buchi sono sangue raggrumato. La scapola sinistra fasciata. E lui, ora, sta dormendo. Io, a vederlo così, mi sento orrendo, mi sento inutile, mi sento inadeguato, stronzo, cacasotto, mi sento che non ho saputo fare niente per difenderlo. Busso sulla porta.

– Ciao, vieni.

– Dorme?

– Da un paio d'ore.

Lo sguardo, distolto dal figlio per salutarmi, torna all'origine della sua attenzione. Poi, Gianna fissa una cosa che non c'entra niente. La vedo provata, disfatta da questi ultimi giorni.

– Come stai?

Ci mette un po' a rispondere. Non ha voglia di parlare. Sarà stanca.

– Ma io sto bene.

Il tono è quello di chi dice: "Non preoccuparti di me, non hanno fatto a me il danno più grande". Continua a fissare una cosa che non c'entra niente con niente, una macchia dell'intonaco vicino al filo del campanello che serve a chiamare l'infermiera.

– La cosa peggiore non sono le costole rotte né tantomeno i buchi sul torace. Il dente che è saltato lo rimette... Da piccolo era lui a difendere suo fratello. È sempre stato forte, il più alto dei suoi compagni e lo temevano tutti. Queste due settimane...

Gianna ha un moto di stizza. È una donna fiera, piena di fatica sotto la pelle, orgogliosa. Pare voglia afferrare quel filo del campanello e strapparlo dalla parete, spezzettarlo con tutta la forza di cui è capace e mangiarselo e risputarlo.

– Questa settimana ho conosciuto un figlio diverso. Mi hanno ridato un figlio che non è il mio. Io non l'ho cresciuto così.

Con le braccia incrociate. Il tono uguale per tutte le parole che dice.

– Stefano è un combattente. L'ho cresciuto a pane e coraggio. Ha paura, questo ho pensato quando ha riaperto gli occhi, sarà spaventato si capisce, con quello che ha passato, con quello che voi avete passato, è questo che ha nel suo sguardo, così mi sono detta, è paura e spavento, che altro potrebbe essere? Questo ho pensato per una settimana intera.

Seduta sulla sedia Gianna è una statua. La sua faccia, puntata sulla mia non riesco a sostenerla. Senza commiserazione, senza vittimismo e senza il connolarsi delle madri quando il cucciolo è stato ferito, con la sola caparbietà di due lacrime furiose che continuano a scendere fino al collo e non la vogliono sapere la forza di Gianna, ma vogliono sfogare e scendere.

– Per la prima volta in 27 anni ho visto negli occhi di mio figlio la rassegnazione.

Gianna mi uccide senza palate. Si allunga dalla sedia. Gli fa una carezza sul braccio. Lui si muove un poco, nel letto.

– Tu lo fai felice.

La sua faccia si fa ora faccia di madre. La faccia che hanno le madri quando si augurano tutto il meglio per il figlio, la faccia di madre che pensa al momento in cui il figlio è uscito dalla panza, in cui hanno sentito il pianto che riconosceranno tra diecimila altri pianti di criaturi per sempre.

– Se lui è felice anch'io sono felice. Suo padre è felice. Non fermarti, Diego. Se è questo che la gente vuole, non vi arrendete e fategliela vedere a quelli che vi hanno ridotto così. Tu ce l'hai la forza. Stefano dice che tu sei capace di vedere le cose giuste e di farle le cose giuste. "Diego è un puro, fa il mondo un posto più bello", mi ha detto ieri e...

– E fa più bello anche me.

Conclude Stefano con la voce che si sta svegliando mò mò. Vorrei diventare all'istante quello che lui pensa di me, per non deluderlo. Invece, sono un debole. Non ho avuto coraggio mai.

Non ho lottato caparbiamente per le cose che volevo veramente, solo per quelle che facevano piacere anche alla mia famiglia. A mio padre. Per le cose che non danno fastidio a nessuno. Mi sento il cesso. Non sono come Stefano mi vede. Di questo mi dispiace, mi dispiace assai.

– Uè, te si' scetato.

Vado verso di lui con un morso dentro il petto.

Gli do un bacio. Gianna si alza. Mi sfiora la mano, esce dalla stanza.

– Senti...

Fa lui.

– Eh.

– Mamma ha fatto un guaio... Tuo padre sa di noi.

Ci penso un attimo. Mi brucia lo stomaco un attimo. Mi metto più vicino a lui. Gli passo la mano nei capelli e dico. Dico come se non fossi io.

– Nessun guaio. Era ora che lo sapesse.

Esco dal parcheggio dell'ospedale con l'ingiustizia nelle vene al posto del sangue. Natti mi deve dire cosa sta combinando. Me lo deve dire stasera. Impugno deciso il telefono.

– Devo vederti...'A stessa storia sì! Ti ho detto mò! Sto venendo!

Accosto al marciapiede. Non potrei parcheggiare qua. Busso. Mi risponde Sara. Salgo. Terzo piano. Marco mi apre la porta. In giacca.

– Vieni, andiamo giù.

Si gira.

– Mezz'ora e torno!

Detto a Sara che non risponde.

– Ciao Diego!

Che invece saluta me, da un'altra stanza.

– Ciao Sara!

Io di rimando.

Scendiamo. Ci mettiamo su una panchina, di fronte casa sua c'è un giardino, a via Inganni.

– Non si trova, è scomparso.

– Quando lo avrai trovato cosa farai? Gli metti il sale 'ncoppa 'a cora?

– Parla tricolore. Che vor di'?

– Che non gli potrete fare niente. Lo voglio vedere in galera.

– Questo non è possibile.

– Non me ne fotte un cazzo!

– Regazzì, nun devi arzà la voce con me.

– Vado alla Polizia.

– E che gliè dici? Che te sei ricordato dopo du' settimane che uno di quelli che v'ha fatto la festa è Giussy?

– Gli dico che avevo paura.

– Fai bene ad avecce paura. Quelli te corcano.

– Lo hanno già fatto.

– Dammi un'altra decina de giorni. Lo troviamo. Gliè facciamo fa' 'na rinfrescata.

– Nun vuò capì? A me non me ne fotte che lo menate. Lo voglio vedere in galera!

– Non sai con chi hai a che fare. Questi nun se fanno probblemi. So' fascisti. Hanno agganci dappertutto. Se lo denunci, i compari suoi artro che filo spinato: so' capaci de tutto.

– Marco, guardami in bocca e capisci bene quello che ti dico *tricolore*: lo-de-nu-ncio.

Mi alzo dalla panchina. Marco mi insegue, vuole farmi ragionare. Ma non c'è nulla da raggionà. Le cose non cambieranno mai da sole. Siamo noi a cambiarle. Stefano ha ragione.

Mi infilo in macchina. Non sento più una parola di quello che Natti mi urla davanti al finestrino.

Alla stazione di Polizia, 16 febbraio ore 18.50. Mi accoglie l'appuntato Merolla. Gli spiego la situazione. Compila il verbale.

– Perché vi ha aggredito? È chiaro che non volevano rapinarvi. Non si è fatto un'idea?

Voglio dirlo perché. Voglio dire quello che Giussy mi ha sputato in faccia al Parco Nord. Però il coraggio che avevo con Natti poco fa improvvisamente mi manca. Così non rovino solo la mia carriera. Anche quella di Stefano. Non posso farlo. Devo prima parlarne con lui.

– Non lo so.

– Quella è gente a cui salta la mosca al naso per un nonnulla.

Mi aiuta l'appuntato.

– Sarà stato qualcosa che non avete portato a termine nelle ultime partite del girone d'andata, magari le tre sconfitte consecutive.

Dice convinto.

– Sono tifoso verdenero. Lei è un grande.

– Grazie... Non saprei. Può darsi, sarà come dice lei. Io non ne ho idea.

Aggiungo io, andandogli dietro.

– Contatteremo i colleghi che vi hanno recuperato dopo l'aggressione. Signor Di Martino ne verremo a capo e i responsabili saranno puniti.

– Grazie.

L'appuntato mi stringe la mano. Sto per andare.

– Un'ultima cosa.

– Dica.

– Come mai non lo ha detto prima?

Il mio silenzio, la paura e silenzio parlano per me. Per un attimo l'ammirazione dell'appuntato Merolla per l'attaccante dei verdenero vacilla.

– Ci facciamo sentire noi al più presto. Buonasera.

– Buonasera.

IN CASA
26ª giornata

Guardo sul sedile dietro per capire se ho preso la borsa. Dentro c'è un iPod con la musica che piace a lui. Tutto il weekend sono stato a scaricare e a ricaricare mp3. Mi sono dimenticato di darglielo. Lo tiro fuori così non me lo scordo. Lo tengo in mano mentre parcheggio.

– Visto come mi hanno conciato, minimo avresti dovuto portarmi qui Gigi D'Alessio in carne e ossa.

Stefano fa di nuovo battute. Fra qualche giorno dimetteranno anche lui.

– Sabato ci giochi contro la Roma?

– Sono a disposizione. Di Leo parte dal primo minuto. Il Mister tiene intenzione di farmi entrare. Parravicini ha fatto un rapporto positivo.

– Per i terapisti di riabilitazione noi siamo sempre pronti. Se ci amputassero le gambe sarebbero capaci di dire che possiamo giocare il giorno dopo.

– Ce la posso fare. Anche la psicoterapeuta dice che sto a posto. Tra l'altro, leggevo sulla "Gazzetta" di oggi che Regareali ha annunciato il mio rientro.

– Hai denunciato Giussy.

– Sì.

– Stamattina la Polizia è venuta a interrogarmi. Avresti dovuto parlarne prima con me.

– C'hai ragione. Non volevo darti altri pensieri.

– Mi hanno chiesto se ho riconosciuto gli aggressori.

– Che gli hai detto?

– Niente. Che non ho riconosciuto nessuno.

– Come nessuno?

– M'hanno detto che tu avevi riconosciuto il capo dei nostri ultras.

– E tu?

– Ho detto che non ero sicuro. Che forse sì, uno era Giussy.

– Forse?

– La Polizia voleva saperlo da me.

Noto il suo disappunto. Il suo nervosismo. La vanga. La pala che mi figuro in testa tutte le volte che devo spalare pensieri su pensieri, sperando che la fatica lasci solo i concetti importanti. Mi scorcio le braccia e comincio a spalare. La prima cosa che devo dire è questa.

– Ti domando scusa, Ste'. Questa storia mi ha fatto uscire di testa. Santamaria mi dice di non parlare. Natti mi dice di non parlare. Michael mi fa capire che devo stare zitto. La risolvono loro la situazione, dicono. Io so solo che a noi ci hanno abboffato di mazzate e ci poteva andare peggio. Sono passate tre settimane e che cosa hanno fatto? Michael mi ha chiamato una sola volta da quando sono uscito dall'ospedale. Ristagni non l'ho mai sentito. Natti mi palleggia. Aspetta di qua e aspetta di là, dice. Poi mi metto a riflettere: la loro soluzione sarebbe quella di scovarlo e fargli un bel paliatone, a quando lo trovano. Perché Giussy non si trova, è sparito. Ammesso e non concesso che lo trovino, quello che ho capito è che lo paleano. Ok, non voglio dire che mi dispiace se lo fanno, però se questa è la "soluzione" non mi piace. Cioè, che cambia per noi se lo riempiono di botte? Cos'è? Un risarcimento? Se ripenso a quello che ci hanno fatto, soprattutto a te, mi sento uno scemo. Da quando ho capito di me, mi sono sentito uno che teneva dentro qualcosa di sbagliato, che non poteva essere 'sto fatto per me. Tu mi hai fatto capire che ci stanno cose che ti fanno uomo, indipendentemente dal fatto che lo pigli nel culo o meno. In questi ultimi due anni mi sono sentito stanco. Non capivo che stanchezza era. Tu, e anche la tua famiglia, il tuo modo di fottertene di tutto, di baciarmi sotto casa tua e vaffanculo a chi ci vede, mi avete fatto desiderare la mia dignità. Perché se pure mi piacciono 'e guagliuni non significa che non valgo niente, che non so giocare, non significa che non "devo" giocare. Per questo sono andato alla Polizia a fare la dichiarazione. Ho agito d'impulso. Non volevo mancarti di rispetto, scusami ancora, tanto è vero che poi lì mi sono reso conto che dovevo parlarne con te prima di dire certe cose. Ma stavo là, qualcosa dovevo pure dire, ormai ci ero andato.

Tutto di seguito. Avrò respirato sì e no tre volte.

Stefano steso nel letto mi ha ascoltato attento attento.

– Vedi? Capisci ora che senso ha la prima regola di comportamento? Dovevi parlarne con me. Ti sei lasciato prendere dalla rabbia. Adesso è un casino per *Marisa*.

Sudo. Calli nelle mani come se stessi spalando merda da due settimane. Buca profonda, profonda profonda. Scavare. Scavare scavare. Io faccio tutto un discorso. Non è che' sto discorso a me è proprio venuto facile facile. Lui, su tutto 'sto popò di roba, che mi dice? La prima regola. Come se poi, in tutto questo, avessi fatto io le cose e lui se ne stava da un'altra parte e subiva.

– *Marisa*?

La pala scende. Il piede destro, sul bordo del metallo. La spingo, a fondo. Sollevo la pala. Lancio il mucchio di terra lontano. Pala in terra. Spingo. Terra via lontana. Pala. Terra. Via. Pala. Terra. Via.

– Vuoi vedere che mò la colpa di questo casino è mia? È nostra?

– Sto dicendo che adesso è diventato tutto, tutto più complicato.

Il sangue mi sale alla testa. Prendo la vanga e la lancio come un giavellotto dentro la buca profonda che ho fatto.

– Tutto che, Ste'? Che cosa è più complicato?

Lui scende dal letto. Si mette le ciabatte. Va in bagno. Piscia. Scarica. Torna. Si ristende.

– Ho sbagliato anch'io.

Smarrito lui.

– Mi sono comportato come un adolescente al suo primo amore. Non ho pensato ad altro. Lo scopo di *Marisa* è più importante di noi. La tua denuncia solleva polvere. Ci saranno indagini. Vita privata. Tabulati. Messaggi. La società con Santamaria, con il tuo procuratore, e anche noi di *Marisa*... Dovremo fare i salti mortali per mettere a posto tutto.

Vado nel corridoio. Ricontrollo se c'è qualcuno. Rientro e sbatto furiosamente la porta della stanza.

– Ste', famme capi'. Fai i discorsi belli tuoi sulla trasparenza, sull'omertà, sulla dignità, "per essere felici basta vivere per quello che sei" dici in continuazione, fai in modo che anche la madonnina del Duomo sappia quello che io e te stiamo facendo, mi fai sentire il cesso perché sono io quello che vuole tenere tutto sottoterra, tutto nascosto, mi fai sentire un vigliacco, inadeguato, anche egoista!, mentre tu fai il paladino di questo cazzo di verità e pensi che Feemors e Ristagni siano molto meglio di me perché loro, loro!, stanno costruendo un gruppo di cinquanta calciatori che diranno a tutto il mondo!, tutto!, come se gliene fottesse al mondo!, che i calciatori sono belli, boni, drogati, puttanieri ma anche omosessuali e mò dici a me che si è complicato tutto perché ho denunciato un fascista di merda che ci ha massacrati perché siamo ricchioni?

– Diego sto dicendo un'altra cosa.

– Non ci capisco cchiù niente.

Mi metto le mani in testa e comincio a girare per tutta la stanza.

– Stefano, non è questo che volevi?

– Non così. Non si tratta solo di me e di te. Non sto dicendo che c'è una colpa. Sto dicendo che dovevi parlare con me prima di andare alla Polizia, studiare una strategia.

No vabbè, siamo al delirio.

– Ste', devo sapere qualcosa che non so?

– Sono molte le cose che non sai. Rischia di andare a puttane il lavoro di quattro anni. Michael dice che i membri della rete sono spaventati. Temono che possano venir fuori nomi, situazioni, hanno minacciato di ritirarsi e Michael ce l'ha con me.

Adesso basta.

– Rispondi a una domanda. Di tutti questi di *Marisa*, quanti di loro, arrivati a 'sto fantomatico cinquanta... Anzi, di questi trentadue che già ci stanno, secondo te quanti la rispetteranno 'sta stronzata infinita della prima legge? Quanti di loro diranno che sono dei ricchioni?!

– Hanno fatto una promessa.

– Quanti! Quanti pensi che lo faranno?!

Sostiene il mio sguardo. Poi risponde.

– Dipende da quello che succederà adesso.

– No. Non dipende da questo. Questo che è successo, almeno a casa mia, per come la penso io, dovrebbe servire ad accelerare. Il fatto è uno e uno solo, Stefano Baldini. Tu non puoi essere sicuro di nessuno. Perché il Palazzo è troppo potente e pure tu lo sai!

Stefano si alza in mezzo al letto. Vuole toccarmi. Mi faccio indietro.

– Lo sai, Ste'? Mi avevi fatto fesso. Ci avevo creduto davvero. Per un attimo mi avevi convinto che il sotterfugio, l'ipocrisia, l'inganno, il nascondersi, il chiavare a pagamento con i maschi era l'infamità più grande che potevo fare a me e ai miei tifosi. Ma anche voi, la rete e il vostro meraviglioso e nobile scopo, ingannate e mentite, insabbiate, complottate, fate proprio come quelli che schifate e combattete.

Metto pollice e indice vicinissimi.

– Per un attimo piccolo così, mi avevi convinto che il sogno mio, il calcio, tutto quello che ho voluto da quando sono nato, non valeva niente se non mi risolvevo come uomo, che niente aveva dignità. Mi sa però, che qua, l'unico degno sono io.

– Diego stai esagerando. Non accetto lezioni da uno che si fa marchette bendate pur di non farsi riconoscere.

– Scusa, come hai detto?

Fuori io dalla grazia di Dio.

– Ma che maronna ne sai tu di me?

– Ne so quanto basta.

Il ragionamento che faccio è rapido. Anna Maria sapeva della benda. Era stata una mia richiesta. Anna Maria lo avrà detto a Natti. Da Natti è arrivato a Stefano via Michael.

Un momento. Un momento, devo respirare. Mi manca il fiato. In ospedale *Marisa* e Natti. Natti con Santamaria. Il Mister. Gaia. Tutti insieme. Sento che Stefano non mi dice tutto. Sento che mi esclude. Sento distanza. Mi sento stupido. Così mi sento la scema sull'albero delle mele.

– Tu nun stai bbuono guagliò.

Giro le spalle ed esco dalla stanza.

– Dove vai? Aspetta!

Si alza in piedi. Io mi sento morto comme a che.

Chiamata. Chiamata. Messaggio. Chiamata. Messaggio e chiamata. Scusami e perdonami. Non volevo dire quello che ho detto. Perdonami. Chiamata. Messaggio. Scusami. Chiamata. Messaggio.

Tutto il giorno. La sera rispondo.

– Che c'è?

– Scusa. Scusami.

– Ho capito.

– Voglio stare con te.

– Io non tanto.

– Non mi sono spiegato bene. Dobbiamo parlare, ho reagito male al fatto di Giussy.

– Hai reagito male?

Lui zitto. Sento la stessa sensazione di stupidità, di ingenuità. Mi fa imbestialire.

– Scusa, parliamone.

– Sei scusato – gli dico. – Ma adesso lassame sta' quieto.

Riattacco.

Esce oggi dall'ospedale. Non vado io a prenderlo, ho allenamento tassativo. Ne sono contento. L'allenamento mi evita di decidere cosa fare. Ci sono Luigi e Gianna. Oggi è arrivato anche Gianluca. Uscendo dallo spogliatoio accendo il telefono. Mi arriva il suo avviso di chiamata. Dopo qualche minuto mi fa una telefonata.

– Sto andando a casa, nella Marche. Ho l'inizio della riabilitazione, ma prima i miei vogliono portarmi a casa per qualche giorno.

Aveva deciso che sarebbe rimasto a Milano. Invece, se ne torna a Tolentino. Prendo atto.

– Va bene – lapidario io.

– Come è andato l'allenamento?

– Tutto a posto.

– Ci sentiamo stasera.

– Sì.

– Ciao.

– Ciao. Buon viaggio.

Riattacco e penso: questo è perché voleva "parlarne" subito.

Dal 70esimo mi sto riscaldando a bordocampo. Scambio due parole con il responsabile dell'area medica e Frattini, il preparatore di recupero, danno l'ok al Mister.

– Diego, pronto? – mi chiede conferma Regareali.

– Sì – faccio io.

In curva uno striscione per me: *Bentornato DìDìDì.*

Bello *Dìdìdì*. Mi piace.

Entro all'81esimo. Il Mister mi dice di non strafare. Mi mette in regia. Mentre batto la mano con John e una pacca al culo, il Mister fa un fischio e Giardini si gira. Regareali porta due dita sull'occhio destro e poi mi indica. Giardini alza un pollice a dire: "Ho capito". Contemporaneamente, Simon si sposta al posto di John Freelay.

La mia entrata in campo è salutata con un applauso da parte di tutto lo stadio. Alzo una mano verso il cielo, mando un bacio ai tifosi, mi porto le mani giunte sul cuore, faccio un piccolo inchino, prendo posizione in un 4-3-1-2 che, devo dire la verità, in questo momento della partita non capisco. Sarebbe dovuto uscire Stromberg. Invece sono davanti a Careddu. Il Mister mi mette a trequartista puro. A me? Deliri di allenatore.

Stiamo vincendo 1 a 0. Un mese fuori. Mi sembra un secolo. Il primo pallone è un lancio per Stromberg. Intercettato. Il secondo è un duello col centrale della Roma. Lo perdo. Il terzo è un controllo di testa. Sbagliato. Il quarto è un bell'assist per Michele. Contrasto. Pallone sul fondo. Non faccio altro.

Lo chiamo appena torno a casa.

– Com'è andata?

– Una chiavica – rispondo amareggiato.

– Dieci minuti sono pochi. Non giocavi da un mese.

– Non lo so. La prossima la salto. Non vado a Cagliari.

– Come la salti?

– Così ho deciso col Mister. Non mi convoca.

– Sei sicuro?

– Sicuro.

Improvvisamente è come se non avessimo più niente da dire.

– Stanco? – chiedo.

– Un po' – dice.

Sento il suo respiro. Lui il mio.

– Torno fra un paio di giorni.

– Sì.

È tutto.

Ci salutiamo.

SANT'ELIA
27ª giornata

Riccardo lo sa. Riccardo è un amico. Apre il cancello. Non mi chiede perché sono qui a quest'ora di notte. Domani siamo in trasferta e io non giocherò.

– Sapevo che saresti venuto – dice al citofono il nostro anziano custode dello stadio.

Non servirebbe più la sua cura. La tecnologia ha reso inutile il suo sguardo. La società però gli è grata dei suoi trent'anni di servizio e per tutte le volte che è stato a bordocampo a incitare, attaccante dopo attaccante, per le volte che ha dato una pacca sulla spalla al solito Mister che non dialogava con i suoi giocatori, per ogni volta che è stato a guardia di uno stadio vuoto. In questi sette mesi gli ho chiesto altre due volte di farmi entrare. Il suo è un intuito, capisce quando sono ansioso, quando l'urgenza di stare sull'erba è la stessa di farmi una chiavata, quando c'è la stessa mancanza e la stessa frenesia, e la stessa paura. Riccardo intuisce e non mi dice di no.

L'urgenza di stanotte è di affezionarmi ancora al Sogno, ho bisogno di questo amore stanotte per non sentirmi il niente che tengo nel petto.

Con la borsa sulla spalla entro da una scala. Salgo fino alla gradinata più alta. È buio. Ci sono luci qua e là. Si intravede la forma, la lunghezza dei 110 metri, la larghezza dei 75, le porte, i 18 metri del centrocampo. A vederlo da qui è un'altra Terra, un mondo disabitato e pulito che noi sporchiamo e inquiniamo ogni settimana sempre di più.

D'estate la scuola di calcio chiudeva. Dovevamo arrangiarci per trovare un posto dove giocare. Io tenevo un amico, Ciro. Undici anni, comme a me. Conosciuto proprio nella scuola. Ogni settimana mi mettevo nelle orecchie di papà per farmi accompagnare a casa sua. Mi doveva portare da Ciro a Marano almeno un giorno a settimana: non ci stavano santi.

A me sembrava distante da casa nostra. Veramente, erano sì e no quindici chilometri. Facevamo una strada larga e ai lati mi ricordo erbacce e buste di immondizia lasciate là a fare fieto, una strada sgarrupata e sporca, non c'era niente, ma a un certo punto papà girava a sinistra e comparivano per magia le case e la gente sui marciapiedi. Passavamo sotto a una sopraelevata, davanti a una pescheria, a fianco a una venditrice di trippa e superavamo il cartello con la scritta napoli barrata con sotto scritto a pennarello *Dio c'è*. Voleva dire la fine della città e l'inizio di Marano. Dopo un centinaio di metri c'era un'entrata. Il pavimento di questo passaggio era di marmo. Non sembrava una strada per far passare le auto, ma piuttosto la stanza da pranzo di una casa patronale. Appena superato il passaggio, sulla sinistra, c'era un cancello scorrevole. Papà suonava il clacson e il cancello si apriva su un vicoletto pieno di verde, di siepi. Un poco di sterrato, questo dovevamo percorrere. C'era una casa, una villetta, un paio di case azzurre, una era rossa. Dietro la curva e dietro i cespugli c'era la palazzina di tre piani dove viveva un'intera famiglia da generazioni. Al secondo ci stava di casa Ciro; al primo piano c'erano Fausto e Luciano, i cugini di Ciro, dieci e undici anni; al terzo c'erano Rachele e Mimmo, altri cugini e di fronte un'asola di sogno nella realtà dei guagliuncielli che abitavano questa palazzina: un campetto di calcio con le porte vere, con reti e pali bianchi, un campo di terra con linee bianche a identificare l'area di rigore e i limiti del gioco e intorno, tutto intorno, tanti alberi di arance.

Ogni volta che venivo qui d'estate, per tre anni di seguito, non ho mai visto quel campo senza nessuno dentro. C'era sempre una partita in corso, una squadra con la maglia dai colori chiari, bianca, ma non tutto il bianco era uguale e l'altra squadra blu, varie tonalità di blu, e tante voci accese, e Ciro che rimproverava il solito Luciano che non riusciva a segnare, "T'è si' fumato pure chist'ato!", urlava da mezzo al campetto e Rachele a bordocampo, che giocava meglio di suo fratello Mimmo, di rimando con le mani nei fianchi spavalda osservava "Io 'o signavo sicuro!".

Dal balcone del secondo piano della palazzina di fronte, una donna alluccava "Ciro! Cirooo, è arrivato Diego!".

La partita si fermava. "Guagliù è arrivato pure Diego! Facciamo sei contro sei, eh? Facciamo entrare pure a Rachele". La donna del balcone, dopo avermi salutato, preoccupata diceva "Cirooo!, Ciro a mamma!, stai tutto bagnato, cambiati la maglietta, ti viene la tosse!".

Ciro non la sentiva e giocava. Io giocavo. Tutti noi giocavamo. Fino a quando non faceva scuro e manco le nostre facce più si distinguevamo.

A vederlo così vuoto mi dà l'idea di una vasca gigante. Immagino un grosso rubinetto nel cielo che riempie d'acqua questa vasca e tutti noi, impotenti, affoghiamo come muschilli.

Vado nello spogliatoio. Mi vesto. Prendo grandissimo dalla borsa. Percorro il tunnel. Entro sul terreno. Vado a centrocampo. Faccio con lo sguardo 360 gradi e loro sono nel buio con gli occhi puntati addosso a me, sugli spalti. Vogliono vedere che faccio, come lo faccio e vogliono tremare, sbattere il cuore, applaudire esultare urlare, bestemmiare, insultare l'altra curva, cantare fischiare allungare le braccia verso il cielo verso il campo, verso di me.

Riccardo accende due riflettori fiochi. Parto con la palla al piede. Zigzagando da centrocampo fino a sotto la porta. Sbaglio. Mi confondo: non è questa la porta dove infilare il mio sinistro. Riparto. Dall'area di rigore dribblo. Serpentina. Corro più che posso velocissimo sulla fascia. Centrocampo ancora, ma che sto facendo? Maledetto a me. È in quell'altra porta che devo tirare, dove segnare, la porta giusta da bucare. E riparto. Corro al contrario del contrario. Dalla fascia destra lancio la palla in aria, a campanile. La palla pare telecomandata da una traiettoria invisibile. Corro più del pallone. Sulla parte sinistra aggancio con il destro. In diagonale, lento stavolta, come se lo falciassi il campo, indietreggiano tutti, si scansano, sono solo, sono grande, sto io e grandissimo nell'area di rigore. Supero agile i terzini, il portiere è spavento, sa che da questa distanza è difficile sbagliare. Spera in un colpo di fortuna, che io mi intimorisca. Ma io tiro. Ma io rete! E vado verso i tifosi. Braccia al cielo. Coro di voci, festeggio. I compagni mi raggiungono, ma io corro più veloce e nessuno mi prende. I compagni non mi prendono. I tifosi non mi prendono. Supero la mia panchina e il Mister non mi prende e le riserve non mi prendono. Il massaggiatore. Il guardalinee. Riccardo il custode non mi prende. Stefano. Anche lui, non mi prende. Ho un attacco cardiaco, sicuro. Non ho fiato. Corro che è gol. Corro che è cuore aperto. L'energia che ho consumato, dissipato in pochi attimi, è 90 minuti di corsa nelle gambe ed è questo che voglio morire ora, tutto quello che tengo in corpo, nello stadio dei verdenero, in divisa col 10 e mi butto a terra sfinito.

Tre ragazzi giocano con altri ragazzi. Restano soli nel campetto, all'imbrunire. La faccia a stento taglia i rimasugli di luce nell'oscurità imminente. Un'azione di attacco. Ciro sta per segnare ma ha un fatto di generosità: passa la palla a Diego. Luciano si è messo in porta. "Ancora cinque minuti, mamma!", urla Ciro da mezzo al campetto. Luciano non para, sbaglia. "Fosse 'na vota", dice Ciro, "ma una che ingarrassi". "Non si vede niente!", protesta Luciano.

Dalla palazzina si riaffaccia la donna grassa. "Ciro!, Ciro è notte! Ma nun tenite famme? Luciano, Diego, venite ja! C'e la parmigiana di melanzane che ho fatto a mezzogiorno. Fredda è ancora più bbuona!". Ciro e Diego si avviano e all'improvviso il più alto alza un piede e guarda cosa tiene sotto la suola. "Ma che è? Una merda di cane?" e sorride a Diego e Diego ricambia il sorriso e insieme si avviano e si scordano Luciano tra i pali.

Luciano pensa che non conta niente. Che ci sta o non ci sta, per i suoi due amici migliori è la stessa cosa. Sta per suicidarsi, strozzarsi con le sue mani, strapparsi il pesce, una ciocca di capelli e sta per togliersi una scarpa e lanciarla a quei due stronzi là. Invece, tutte e due i suoi amici più amici, i migliori, si girano indietro. "Ti vuoi muovere?" fa quello più bello ma basso. "Vuoi restare in mezzo ai pali tutta la notte?" fa quello più bravo e più simpatico. Luciano si guarda attorno. Dove sta questo cazzo di pallone? Dove è andato a finire? Non lo vede. Chi se ne fotte,"Aspettatemi, maledetti aspettatemi.'O saccio che vi mangiate tutto e mi lasciate digiuno!" e Luciano corre, corre verso Ciro, verso Diego.

Mangio l'erba con la terra. Così mi ha imparato papà a capire le ragioni degli elementi. Io non c'entro con questa monnezza. Sono un attaccante. Un regista totale.

Mi rialzo.

– Spegni!

Urlo e Riccardo esegue.

Strappo altri due fili. Mi porto un altro poco d'erba in bocca. Riccardo spegne tutto. Non sia mai. Arriva qualcuno. La Vigilanza. A chiedere spiegazioni. Mi metto una mano nelle mutande e aggiusto il cazzo a sinistra. Mi scotoleo qualcosa dai pantaloncini. Mi passo una mano in faccia, sulla fronte e sento l'odore del pesce mio. M'è sempre piaciuto il mio odore. Non si vede più niente. Riccardo si scorda di accendere le luci di servizio.

Rimango qui nel buio.

Al centro dello stadio li vedo di spalle. Ciro e Luciano fanno un discorso che ricordo benissimo. Io sto dietro.

Mi si erano sciolti i lacci della scarpa e le melanzane ci aspettavano.

"Ci', lo fai il provino domani?"

"Certo, domani pomeriggio alle quattro".

"Ti accompagno?"

"Se tieni genio..."

"Sai già che ti fanno fare?"

"Due palleggi. Piedi, testa. Un quarto d'ora nel ruolo che mi danno. Poi si vede cosa che dicono".

"Che dicono? Tanto ti pigliano e tu non ci vai lo stesso".

"Stavolta no, Lucia'. Se mi prendono gioco con la Primavera".

Sono parole che ci potevano fare non più amici, ma soltanto uomini. Che ci potevano fare insieme e competitivi, pieni di forza e determinazione, convinti come eravamo che il mondo era là e aspettava noi e tutto l'entusiasmo che tenevamo nelle gambe.

L'anno dopo eravamo tutti e tre a sgomitare. A odiarci. Individualisti e cattivi. Come ci insegnava l'allenatore.

La carne tenera da pallone che eravamo.

Luciano fu scartato alla fine dell'anno. Io e Ciro fummo tenuti. Era cambiato tutto, però. Eravamo stati sognati dal nostro stesso Sogno e poi questo Sogno ci aveva dimenticato.

Io e Ciro avevamo la guerra in testa. Il tramonto era sempre puntuale e a noi non ce ne fotteva. Noi eravamo grandi. Eravamo eccezionali. Noi facevamo le rovesciate con le spalle alla porta e ci facevamo già le seghe, anche insieme. A noi non ce ne fotteva di niente e di nessuno. Gli altri se ne andavano a casa a cenare e noi due, con la guerra in testa, restavamo sul campo fatti solo di guerra e di pallone.

Ciro morì in un incidente a sedici anni. Una sera storta. Un pullman di traverso, in una curva storta che lui non superò mai sopra la Kawasaky 125 che teneva da due mesi. Luciano è diventato tenente dell'esercito a Anzio, nei trasmettitori. Un posto fisso. Quello che voleva e un po' anche quello che temeva.

Giro le spalle e vado.

Nello scuro più in fondo, dall'altra parte rispetto a dove sto io, ancora le voci del campetto.

Io e Ciro. Con Luciano e Rachele. Fausto. Mimmo. Giochiamo fino alla fine del giorno. Luciano passa a Ciro. Luciano sta senza respiro. Io sì, ho ancora fiato. Pure Ciro, tiene più fiato di me. Corriamo, io e Ciro. Vela e vento. Mare e vento. Pioggia e vento. Il fiato mio e di Ciro non finisce mai. Luciano dietro noi due si fa il segno della croce con la mano smerza. Non ce la fa a starci appresso e ci schifa un poco ma, ma però, però tutti e tre sventoliamo prima che faccia notte come la bandiera italiana prima dell'inno. Ciro si gira indietro e ride a vedere Luciano che non ce la fa. Che cazzo ti ridi? Sto per dire, ma Ciro mi passa la palla. Devo farcela. Arrivare ai pali bianchi. Devo correre, questo devo fare. La palla sul sinistro e correre. Fare la curva della terra come Holly e correre. La porta. La vedo. Là devo arrivare, io e Ciro, uno di fianco all'altro e Luciano appena un attimo dietro.

È questo il Sogno. Quello di Ciro. Il mio. Di Luciano. Era tutta qua la nostra partita. Era questo, non altro, noi tre che corriamo con la palla, le voci nel campetto, la mamma di Ciro e le melenzane, il fiato che dice la corsa, il sole che se ne va sempre troppo presto e prima di andare a dormire io e Ciro alla finestra che indoviniamo quanti alberi di aranci ci stanno dietro le porte.

Prendo grandissimo in braccio nello stadio dei verdenero, la mia squadra.

"Passa!, passa Ciro, passa!".

"Passa 'nu guaio!".

"Lucià, che cazzo fai?".

"Che maronna!, stai sulo tu!".

"Diego, veloce!".

"Schiatta 'sta palla 'nda porta, 'nculo a chitemmuorte!".

Dietro le mie spalle le nostre voci si sottraggono, si finiscono, si zittiscono un po' un po' e se ne tornano dove sempre staranno, fresche e piene di adolescenza e di Sogno. Se dal cielo si aprisse un rubinetto gigante e la riempirebbe questa vasca gigante con tutta l'acqua del mare noi tre, con gli occhi belli e pieni di bellezza nelle gambe, come un tempo sbagliato ma carnale qua restiamo, alla fine del buio a correre con la palla sul destro sul sinistro sulla testa, per tutta l'eternità.

> ANSA. Milano, 9 marzo, 15.53. Alberto Marchioni, nato a Giussano il 15.07.1981 e ivi residente, conosciuto col nome di Giussy e capo ultrà dei verdenero, alle 12.00 in punto si è costituito al Commissariato di Polizia di Porta Genova. Con Marchioni, indagato per l'aggressione del 30 gennaio scorso ai danni dei calciatori Stefano Baldini e Diego Di Martino, entrambi appartenenti alla squadra dei verdenero, si sono costituiti gli altri tre aggressori appartenenti anch'essi agli ultras della squadra. Marchioni e i tre hanno giustificato l'aggressione adducendo motivi di tifoseria calcistica, imputando le tre sconfitte consecutive dei verdenero allo scarso rendimento del portiere e dell'attaccante.

Natti mi avvisa telefonicamente. Anche Stefano mi manda un messaggio per dirmi di Giussy e per dirmi che torna dopodomani e per dirmi ci sentiamo stasera. Feemors mi chiama, tutto tronfio e dice "Adesso se la vedrà con la giustizia". Anche Santamaria, due chiamate sue. Non risposte. Tutti contenti, quindi. I colpevoli saranno puniti. Tutto risolto, allora.

Un ultrà invasato è capace di fare questo perché non sopporta che due idoli della squadra siano omosessuali? Certo che è capace. Ma come lo ha saputo? Il mio procuratore si preoccupa di non far venir fuori il motivo dell'aggressione. Ci sta? Certo che ci sta. Non fa altro da due anni a questa parte. *Marisa* ci butta fuori perché facciamo sesso tra noi, due componenti della rete: pure questo ci sta, se c'è una regola. Santamaria? L'allusione a corso Magenta? L'offerta della casa?

Mi balla nella testa un pensiero, un pensiero che non se ne va e non se ne viene. Mi rimbalza da una tempia all'altra. Mi scappa via e mi ritorna. Riscappa. Gaia al lounge bar mentre mi viene incontro con Santamaria, con Natti, con Ristagni e Feemors, mentre giro l'angolo, in ospedale e dice "Hanno esagerato" a Simone e a Michael.

Mi sento coglionato. Non riuscirò a sapere niente da *Marisa*. Nemmeno da Natti. Persino Stefano pare reticente. Resta un'unica possibilità, e la chiamo.

– Diego!

– Ciao Gaia.

– Che bello sentirti! Pensavo avessi buttato il mio numero di telefono.

– Volevo invitarti a cena, per ringraziarti.

– Ma volentieri! Ma ringraziarmi di cosa?

– Mi ha fatto piacere trovarti in ospedale.

– Stai meglio ora?

– Vorrei vederti una di queste sere. Si può fare? O… stai con Santamaria?

– Santamaria?

– Sei venuta con lui in ospedale. Ti ho vista con lui anche al lounge.

– Ci vediamo ogni tanto. Ma te lo sai, lo sai chi ho nel cuore.

– Sono un po' spaesato, Gaia. Mi sento sperso. Ho bisogno di parlare con qualcuno che mi capisce… Mi sei venuta in mente tu.

Immagino sia rimasta spiazzata da queste mie parole. Spero di non aver esagerato.

– Sono felice che tu mi dica queste cose. Ma stasera?

– Stasera sarebbe perfetto.

– Allora mi libero e sono tutta per te.

– Passo a prenderti alle nove?

– Facciamo nove e mezza.

– A dopo... Gaia?

– Sì?

– Grazie, sei gentile.

– Che cucciolo sei. Ciao.

È una sensazione. Non ho elementi concreti, ma penso che lei sappia molto di questa storia. O forse sto perdendo la lucidità e vedo complotti ovunque.

Passo a prenderla tutto in tiro. Lei è splendida, non c'è niente da dire. Ho prenotato un ristorante messicano. Molto intimo, in via San Marco, a Brera. Faccio il ragazzo perso. Devo stare attento, misurare tutto. Gaia è furba. Intelligente.

Sono molto fisico con lei, durante la cena più volte le cerco la mano. Le faccio sguardi smarriti e dolci. Sono certo che Gaia ora sta pensando di me le cose migliori della Terra. Ma non si sbottona. Non dice una parola in più, è accorta.

– Quando Natti ha avvisato Santamaria ero con lui. Mi sono spaventata. L'ho accompagnato per vedere di persona quello che t'avevano fatto. Lo hai capito da tempo, tu mi piaci molto.

– Anche tu mi piaci molto.

Devo farle capire che mi sto confessando, che le sto confidando una cosa segreta a lei e solo a lei.

– Hai sentito di Giussy? Si è costituito.

– Sì.

– Senti... L'aggressione, non è stato per quello che lui dice, è per un'altra ragione.

– Per il rendimento in campo, so.

– Non so come dirtelo, un po' mi vergogno... Non lo so cosa mi è successo quest'anno. Non ero pronto a gestire questo successo, la serie A, tutti questi soldi. Non lo so, magari quando sai che hai tutto finisci inevitabilmente per cercare altre cose, spingendoti sempre più in là, anche con il sesso, e ti ritrovi a fare cose che non ti appartengono, cose che ti sfuggono di mano e dopo te ne vergogni.

Gaia si intenerisce. Le vengono le lacrime agli occhi. Sferro il colpo definitivo. Se non funziona, devo fermarmi.

– In questi giorni ho pensato molto all'aggressione. Giussy si è incazzato con ragione. Perché io e Stefano abbiamo... Marò com'è difficile... Voglio dire che me lo sono meritato quello che mi ha fatto Giussy.

Gaia si solleva dalla sua sedia. Mi prende la testa tra le mani e mi sfiora le labbra. Un bacio dolce e pieno di comprensione.

– Non ti devi torturare. Hai fatto un errore. Conosco molti giocatori, sono appassionata di calcio, avevo anche pensato di fare la cronista sportiva. Tutti dopo un po' deragliano. Droghe a volontà. Sesso a volontà. Donne a volontà. Dopo un po' anche le donne non bastano più. Si passa ai travestiti. Alle orge. Alle transessuali. Di ville alla Vertonssen ce ne sono a iosa. Tutte di calciatori. Ma loro, Diego, loro non si fanno scoprire. Sanno tutti quello che succede. Eppure, nessuno sa niente. Sai perché? Perché non baciano in macchina sotto casa la trans che hanno rimorchiato.

Comincio a scardinarla. Se potessi, in questo momento, le farei una faccia di schiaffi.

– Sotto casa?

– Tu non sei così, non sei uguale agli altri. Sei incappato in uno come Baldini, un recidivo. Prendila così: hai fatto un'esperienza.

Fingo vergogna.

– Anche Giussy ha fatto un errore, ha esagerato con Stefano... Senti, ma andiamo a casa mia? Non mi va di parlare in questo posto.

Faccio cenno di sì con la testa. Pago. Andiamo.

A letto sono deciso e delicato. Fragile e forte. Accelero. Mi fermo, la guardo, continuo lentamente, con gli occhi nei suoi. Poi, dopo l'abbraccio. La faccio mettere sul mio petto. Le do baci sulla fronte. Le accarezzo i capelli. Sto facendo una cosa sporca, mi sento sporco. Sto per alzarmi e andare. Devo resistere. Devo stare qua. Devo sapere. Loro, gli altri, sono più sporchi di me.

– Non sai quanto ho desiderato questo, Diego.

Io per niente. Piuttosto, mi sarei fatto spezzare l'altra gamba.

– Anch'io Gaia. Non lo avevo capito, però anch'io. Son dovuto passare per...

– La colpa è di Baldini. L'anno prossimo lo venderanno. Al Paris Saint Germain.

Non chiedo. Aspetto che sia lei a parlare, spontaneamente. Alza la testa dal petto. Si appoggia col gomito sul materasso.

– Noi ultras sappiamo tutto della nostra squadra. È una malattia, un'ossessione. Anche la marca delle mutande che indossa ogni giocatore.

– Stai qui con me solo perché vuoi sapere la marca delle mutande mie?

Faccio sempre con la faccia a bambino, indifeso, ma con l'espressione di chi sta bene, di chi si fida.

– Scemo! – mi dà uno schiaffetto in testa. – Sugli spalti, con Giussy e con tutti gli altri ultras, facevamo battute, allusioni. Insomma, ne parlavamo. Lo sapevamo di Baldini. Anche la società. Quelli son marpioni.

Mi fa cerchietti con il dito sugli addominali.

– Giussy era incazzatissimo per questa cosa. Io lo sapevo che tu non c'entravi. Gliel'ho detto che eri stato trasportato da Baldini.

– Ma è stata una cosa... Scusa, sono ancora un po' in imbarazzo... È durato poco, sarà successo verso dicembre...

Lei mi guarda sospettosa.

– Micol, la mia amica, te la ricordi? Lei abita a corso Magenta. Ha visto che Stefano ti baciava in macchina. Lei ha fatto il casino. Talmente si era gasata di questa cosa che ha chiamato Freelay per raccontarglielo. Quel coglione di John lo ha spifferato immediatamente a Santamaria. Maurizio mi ha chiesto la conferma, sapendo che noi ultras siamo al corrente di tutto. Non ho potuto mentire. Gli ho detto che eri stato plagiato da Baldini. Perché gay proprio non sei e che gliel'o potevo confermare. Maurizio ha chiamato Natti davanti a me per fargli il culo.

Sbianco.

– Natti?

– Sì. Santamaria era furioso. Continuava a urlare "Me lo avevi assicurato, adesso guarda che casino!".

– Quando ci avete incontrato al bar...

– Lo sapevamo.

Quella sera c'erano anche Michael e Simone.

– Anche Feemors e Ristagni?

– Erano con noi per caso, li aveva invitati Maurizio.

Due sono le cose. Non vuole o non può dirmi altro, oppure non sa di *Marisa*.

– Sono contenta che questa storia finisca qua.

Per lasciarla tranquilla mi faccio forza e me la scopo ancora. Mi alzo dopo l'orgasmo. Chiedo se posso andare a farmi una doccia. Lei mi dà un accappatoio nuovo, ancora nel cellophane.

Da vera puttana.

Sotto l'acqua mi convinco che da Gaia non possa sapere altro.

Quando torno in camera da letto, lei ha aperto del vino. Beviamo insieme. La bacio. Poi mi rivesto.

– Non rimani?

– Vorrei Gaia, non sai quanto vorrei. Domani sono da Borrelli, il medico sociale, alle otto, e dovrei passare per casa, prendere le radiografie, la risonanza, un po' di documenti. Sono già le quattro del mattino e se resto qua finisce che lo salto 'st'appuntamento.

– Ci sentiamo domani?

– Ti chiamo appena posso – mento io.

La bacio ancora. Mi accompagna alla porta, nuda.

Vaffanculo, troia di merda.

MARASSI
29ª giornata

Alle nove di sera faccio a mio padre la terza telefonata della giornata. Tutte senza risposta. Sto per chiamare al numero di casa, ma.

Il citofono. Rispondo.

– Sono io – dice.

– Sei tornato – dico.

– Sì. Ti ho mandato un messaggio. Posso salire?

Impiego qualche secondo di troppo per rispondere.

– Sali.

È che ho visto il suo nome e mi sono infastidito. Non ho aperto nemmeno il messaggio. Non so cosa mi ha scritto. Vado alla porta e la lascio accostata. Mi rimetto sul divano. Non ho voglia di vederlo, non ho voglia nemmeno di sentirlo. Accendo anche il televisore. Così. Suona. Metto su *Fox Crime*.

– Entra – dico dal divano.

Non lo guardo. Si avvicina. Alzo gli occhi su di lui dopo un bel po' di secondi e Cristo in croce, quanto cazzo mi è mancato? Da quand'è che non lo vedo? Dieci giorni? Sta davanti a me, tiene le mani giunte sulla pancia e se le sfrega, le spalle stanno troppo avanti, pare che si vuole fare più piccolo. Ha le New Balance grigie, io le chiamo i gatti, mi ricordano due gatti certosini e sopra i jeans chiari che gli fanno ancora di più le gambe a tra parentesi, una polo verde che si appoggia sulla cintura di tela a strisce gialle e grigie. La bocca sua, quella che tiene sempre.

Certo, penso sopra al divano, mica poteva venire con la bocca di un altro!

Mi piglia un giramento di testa e il pesce cresce dentro ai pantaloni senza che io voglio. Un poco di resistenza, che so, una cosa qualunque, ma fermati, fermati dico al mio pisello, che figura di merda ci faccio?

– Ascoltami. Per favore, ti chiedo solo questo. Ascoltarmi.

Dice, come se fosse una preghiera e con la faccia che io ho sempre pensato tenesse la persona che mi avrebbe voluto bene più di tutto, più delle incomprensioni, degli appiccichi, delle mazzate. Perciò, quando dice "per favore" io già mi sono alzato dal divano. Il secondo "ascoltami" me lo dice dentro la bocca.

Natti? E chi è? *Marisa*? Chi 'a conosce 'a 'sta zoccola. Santamaria, Feemors, Ristagni, Gaia: chi è tutta questa gente? Sparisce tutto. È Stefano. È Stefano, quello che conosco io, non è quell'altro, quello dell'ospedale che non mi dice tutto perché non si fida di me. È Stefano, è quel ragazzo là, il portiere, quello che fa le battute e mi schiatta sopra il tappeto di casa sua davanti ai cd di Gigi D'Alessio.

– Non c'è niente che conti più di te, Diego. Non c'è niente altro.

Soli con la luce spenta, sul letto. Sotto le dita sento le cicatrici dei buchi, le spine che gli hanno messo dentro.

– Feemors dice che ce la siamo cercata. Che io ho spinto troppo. La cosa che non vorrei mai è che tu perda stima di me. *Marisa* può andare a farsi fottere se difenderla significa perderti.

Ascolto come una ninna nanna.

– Ti volevano altre tre squadre, compresa la squadra di Feemors e di Ristagni. L'anno scorso ti hanno fatto pedinare per tre mesi, come spesso fanno i club. Natti ti ha proposto ai verdenero a carte scoperte. Natti ha promesso che ti avrebbe gestito in cambio di una provvigione più alta. Ha chiesto a

Feemors e Ristagni di farti entrare nella rete. Con noi avresti evitato di trovarti in condizioni imbarazzanti e evitato grane alla società. C'era un accordo con Natti, tutto qua. Io ero quello che doveva monitorarti e farti da consigliere. Di queste tresche io a te ne avevo già accennato, anche se non in questi termini. Avevo in mente solo lo scopo, fare pulizia di tutta questa ipocrisia e invece ho sbagliato. Sono stato ipocrita anch'io. Ho pensato che qualche compromesso bisognava farlo.

– Che è succieso? Hai cambiato idea?

– Mi sono innamorato di te. Voglio stare con te, fare con te tutto quello che vogliamo sotto la luce del sole. Ti giuro Diego, di tutta questa storia, è questa la sola cosa che non ti ho detto.

"Sono stato ipocrita anch'io", mi sbatte nella testa. Come se lo avessi detto io, ma a me. Io zitto. Gli credo. Credo a tutto quello che mi ha detto.

Mi stringo a lui, nella poca luce della camera da letto. E non lo lascio più.

In quattro giorni Gaia mi ha chiamato trenta volte. L'ultimo messaggio lo ha mandato stasera.

Mi hai preso in giro. Mi hai solo usata. Ma te la faccio pagare. Mi apposto sotto casa sua, a Lissone. Sette ore di attesa. Quattro del mattino e finalmente arriva con Micol. Scende dall'auto. Stasera evidentemente niente cazzo à portèr. Micol va. Lei cerca le chiavi. Apre il portoncino in alluminio anodizzato scadente. Una costruzione di tre piani. Tre piani di zoccole. Tutto è spento. Non è uscito né arrivato nessuno. È un po' brilla la Gaia, tutta perfetta e tutta troia. Le arrivo alle spalle mentre entra nell'androne e lancia un urlo secco.

– Diego! Mi hai spaventato.

– Ti stavo aspettando.

Lei sta per darmi un bacio. Io le metto una mano al collo.

– Non urlare o ti spezzo 'stu cuollo 'e merda ca tieni.

Il tono della mia voce è tenero rispetto alla stretta. Lei si rende conto che non può reagire. Mollo il collo ma la prendo sotto braccio. Entriamo insieme in casa. Abita al terzo piano. Ascensore. Potevamo prima andare su tranquillamente, ma ho voluto cominciare qui, fuori, giusto per farle capire immediatamente come stanno le cose, giusto perché invece sono un deficiente e certe cose non le so fare.

Entriamo. Chiudo la porta. L'afferro per le spalle.

– In ospedale mi hai detto che era stato Simone a raccontarti tutto. L'altro giorno, a letto, mi hai detto che lo hai saputo da Santamaria.

– Lasciami!

La sbatto sul divano.

– Tesoro, mettiamo in chiaro solo una cosa. Non ti conviene parlare di tutta questa faccenda. Cosa pensi che direbbe Santamaria, se sapesse che a spifferare tutto sei stata tu? E Giussy? Così buono di cuore, che direbbe? Ti darebbero una bella lisciata e poi ti farebbero fuori dal giro.

Sono talmente convincente che per poco mi cago sotto anch'io.

– Statti zitta e continua a fare i bucchini che fai.

Lei impietrita sul divano. Io vado, e lascio la porta di casa aperta.

In macchina mi vergogno. Mi vergogno davvero. Non ho mai messo le mani addosso a una donna. Nonostante non sia orgoglioso di quello che ho appena fatto, sento che sono cambiato, come se fossi cresciuto di botto. Come se...

Non so.

Come se.

IN CASA
30ª giornata

Col Chievo sono entrato dal primo. Ho recuperato in fretta. Il Mister, il vice, i preparatori, fisioterapisti, riabilitativi, la psicologa: semaforo verde da tutti. Negli allenamenti di questa settimana mi sono impegnato al massimo. Dopo la partitella di ieri, Regareali ha osservato che sono diventato più aggressivo.

"Porcatroia, ti sto allenando da mesi e non hai mai spinto così. Se non ti conoscessi direi che hai acquisito un pizzico di cattiveria in più. In te non guasta", mi ha fatto ieri davanti a tutti i compagni.

In casa Marco è solo. Sara ha la serata di Joga.

– Visto? – preparandomi una vodka lemmon. – Le cose sono andate a posto. Devi sempre fidarti di me.

Faccio cenno di sì.

– Ghiaccio? – chiede.

Faccio cenno di no.

– Ti chiameranno a testimoniare. A Stefano no, perché non lo ha identificato. Il processo è per direttissima. Se becca minimo du' anni.

– Magari con la condizionale.

– Lo so. Ma che pretendi? I lavori forzati a vita? Meglio de' niente.

Prendo il bicchiere dalle sue mani.

Lui poggia la bottiglia di Absolute sul tavolino.

– Sto 'a fa' lo straordinario da tre mesi pe' te.

Natti davanti a me, soddisfatto.

– Che casino, è stato un bagno de' sangue pe' risolve. Te lo dico da amico: nun fa' altre stronzate e nun te fa scopri', nun te mette in mostra e fatti li cazzi tua de brutto ma nun te fa scopri'. Stavi a esaggerà.

Mi mette davanti il bicchiere come per brindare.

– A quello che se fa e non se dice.

Lui beve.

Io poso il bicchiere sul tavolino.

Tiro fuori una Marlboro.

– Posso fumare qui?

– Te piglio er posacenere.

Accendo la sigaretta.

Bella casa. Bel divano. Bei quadri. Bel tappeto. Bel tavolo. Bell'arredamento.

Arriva col posacenere e lo mette sul tavolino.

– Sticazzi de Sara. Se lamenta der fumo. E Stefano?

– Riabilitazione.

– Quando rientra?

– Il preparatore pensa non prima della 34esima.

– Ci vuole un po' de tempo.

Mi metto sul divano. Spengo la sigaretta dopo due tiri. Accavallo le gambe. Faccio un sorso dal drink.

– Come è andata la cosa? Me lo dici?

– De che stai a parla'?

– Io sto a Cesena. Gioco bene, segno, sto in forma. Ti dai un gran da fare per piazzarmi. Ti contattano. Tre, quattro squadre? Anche i verdenero. Mi vogliono. Ti fanno intendere che l'offerta potrebbe essere buona, più che buona. Tu fai il tuo mestiere. Metti in giro voce che mi vogliono a tutti i costi. Questa squadra, quell'altra, quell'altra pure, per far salire il prezzo, no? Sai anche che nessuno piglia nessuno a occhi chiusi. Mi fanno seguire. Scoprono che non mi drogo, non vado a mignotte, non gioco, non scommetto, non faccio festini, non vado in discoteca, non tradisco la mia fidanzata, che non ce l'ho una fidanzata, ma da un po', ogni martedì, vado in quel posto là, davanti a quel cinema là. Mannaggia, questo che Di Martino ha non è un difetto da niente. Una squadra si tira indietro, qualcun'altra ti chiama per dirti che il prezzo cambia. In pratica, le offerte crollano.

Poso il bicchiere. Accavallo le gambe dall'altro lato. Dico tutto con calma. La calma, quando è così esibita, ha qualcosa di inquietante. Marco si sporge in avanti sulla poltrona. Agita il bicchiere nell'aria.

– I verdenero non desistono. Ne hanno già due di "froci" in squadra. Cosa cambierebbe averne un terzo? La cosa "va gestita", come dici tu. Allora garantisci per me, in cambio di una percentuale più alta. Mi fai stare buono con Saro per un po'. Niente casini. L'affare va in porto. Stringi un patto di ferro con Santamaria. Tu prendi un sacco di soldi e io vengo a Milano.

– Diego, ma di che cazzo stai a parla'?

– Nella tua disonestà, in qualche modo, mi avevi avvertito che era una questione di soldi. Vittorio era come Saro. Nessuna complicazione, giocando sulla mia paura di essere scoperto. Dopo qualche mese hai un altro problema. A me non basta più fare del "sesso". Avrai pensato pure "Come è strano questo, gli altri si accontentano di scopare a più non posso". Allora contatti Feemors, quale cosa migliore? Mi presenti a *Marisa*. Quelli della rete è gente seria, lo sai e lo sanno tutti, a quanto pare, che la gente che gestisce la rete è gente di cui ti puoi fidare. Con loro tutto vola basso, non si rischia di essere identificati dai radar. Un modo per "gestire le fregole", diresti tu.

– È tutto vero quello che stai a di'. Stravolgi le mie buone intenzioni, però.

– Fammi finire.

Vuoto il bicchiere.

– Non avevi calcolato una cosa. Né tu e né Santamaria. Non avevi calcolato che questa mia entrata sarebbe stata un boomerang. A un certo punto, Diego Di Martino e Stefano Baldini vanno in giro come due fidanzatini. Santamaria lo scopre. Si incazza. Non ti considera affidabile. Gliel'avevi assicurata la mia gestione. Bisogna fare qualcosa. Ne va della tua credibilità, oltre ai soldi che Santamaria ti deve ancora dare e che non vuole più darti.

– Regazzì! Stai a fa' la cacca fuori dar vasino!

Quando uno come me, a metà tra *Ken il guerriero* e una fatina delle *Wings*, un ragazzetto di ventitré anni con la faccia di Mimì Ayuara e l'andatura della *Piccola Fiammiferaia*, quando uno così, tra l'altro ricchione quindi gli altri uomini si sentono autorizzati a pensarti come *Anna dai capelli rossi* che si mette paura dell'ombra sua, quando uno così fa un balzo, afferra la bottiglia di vodka e la spacca sul tavolino, te la mette sotto il mento e con gli occhi da fuori ti urla: – Quanto sfaccimma lo hai pagato?! –, anche se hai quaranta e passa anni e tutta l'esperienza che vuoi, la virilità che vuoi e pensi pure che quello davanti a te è solo un "frocio de merda", tu comunque realizzi in fretta: "Questo mi fa fuori".

Marco Natti arretra sulla poltrona.

– Cosa potevi fare? Povero Marco Natti. Senza più credito. Nessuno ti avrebbe più considerato. Una lezione a questo Diego gliela devi dare, no? Basta, lo hai coperto più volte, ma questo Di Martino deve capire chi spinge i bottoni. Come si può fare? Pensi e pensi e finisce che chiami il tuo amico Giussy. Già sa, perciò sarà felice di *impararmi* a comportare. Però Giussy se la vuole fottere a Gaia, la sta a sentire, pensa che Gaia dica profonde verità. Il nostro cuore impavido Giussy si fa convincere che non sono io quello da *imparare*, ma è Stefano quello che si deve punire, che c'è anche il fatto con Sandrone Alfieri, recidivo.

Gli passo veloce la bottiglia rotta sul collo. Un segno rosso fino all'apertura della camicia. Marò, speriamo ca nun s'è fatto niente. Dentro di me, mi faccio il segno della croce. Continuo.

– Nun me ne fotte cchiù 'e niente!

Fox Crime mi ha insegnato molto. Proprio alla *Dexter*.

– Aspetta aspetta!

Fa lui.

– Diego, non volevo che succedesse questo, credimi. Volevo farti capire che non si possono cambiare certe cose. Ho chiesto a Giussy di fare qualcosa, è vero, ma lui ha fatto di testa sua.

– Poi?

La bottiglia con il pizzo di vetro rotto spinge sul collo suo.

– Tu sei andato alla Polizia... Non si poteva più fare niente... Ci siamo messi d'accordo...

– Chi?!

– Calmo calmo! Santamaria ha tirato fuori i soldi per Giussy. Lo ha convinto a prendersi due anni di interdizione dal campo e qualcosa di penale, con la condizionale però. Insieme agli altri tre.

– Erano in sei.

– Tu non l'hai detto quanti erano.

Spingo la bottiglia. Natti sente il vetro.

È una sensazione di onnipotenza. Io, che mi cago sotto dell'ombra mia, metto una bottiglia rotta al collo del mio procuratore e divento il ricchione più pericoloso di Milano.

– Tieni paura? Pensa a me e a Stefano, tra le belle manelle di Giussy.

Spingo la bottiglia.

– Ha fatto di testa sua, credimi!

– Ristagni e Feemors?

– Che c'entrano?

Tolgo la bottiglia dal collo. Gliela metto sulla bocca. Mi sto divertendo. Non proprio divertimento, è che per la prima volta vedo Natti per com'è. Quando c'è una minaccia, quando ci mettono fuori dal campo, dalle strisce bianche, si vede come sei. Penso alla mia aggressione, a come ho reagito, mai mi sarei sentito capace di reagire a una qualsiasi cosa violenta. Vedo Natti, sotto la stessa pressione, anche meno direi, e vedo la merda che è. Gli allungo una mano sotto il cavallo dei pantaloni e tasto.

– Pensavo stessi messo meglio, qua sotto.

– Cazzo... fai?

– Volevo vedere le palle che hai. Non ho trovato niente.

Gli afferro tutto il pacchetto e stringo forte. Caccia un urlo. Gli faccio intendere che la bottiglia può entrargli nella bocca e poi la rimetto sul tavolo.

Basta un'esitazione negli occhi del tuo aggressore e capisci come puoi muoverti. Marco capisce che ho fatto la parte, si fa forte. Si rilassa.

– Non sei il tipo tu. Non fai queste cose. Tu fai pompini e gol.

Fino a qui ci sono arrivato. Ma oltre non posso. Non so capace. Ci vogliono altri modi, altre esperienze. Altre palle. No: io non sarei capace, ha ragione Natti. Perché io sono un uomo e non un pezzo di merda.

– Ho fatto quello che dovevo fare, Diego. Ti posso giura' sulla tomba de mi' madre che non volevo quello che è capitato a te e a Stefano. Giussy doveva soltanto spaventarvi. Volevo che ti rendessi conto che c'è un modo di comportarsi quando sei un calciatore di serie A. Me so' sentito male quando ho visto te e Stefano all'ospedale. Me so' sentito responsabile. Non volevo questo. Io faccio er procuratore. Me adeguo. Anche

Santamaria si adegua come dirigente del suo club. Funziona così. Giussy ci è sortanto sfuggito da 'e mani.

Io vado verso la porta.

– Io sur serio te so' affezionato. Se ho fatto questo è stato per fatte capi', educarti.

– Mettitela nel culo l'educazione.

Mi sento *Devil men* mentre vado in macchina. Riaccendo il cellulare e trovo l'avviso di chiamata di Stefano. Mi arriva anche un messaggio di Natti. Appoggio la testa sul volante. Poi apro la letterina.

Come aggressore sei una latrina. F. e R. sapevano tutto. Ti voglio bene. M.

Gli rispondo.

Scaduto il contratto, non ti voglio vedere neanche storto.

Metto in moto. Non mi riconosco. Faccio una volata. Devo soffiarmi il naso. Apro il cruscotto. Niente fazzolettini. Tiro su. Due, tre volte. Che traffico che c'è stasera. Chissà se il campetto di Ciro c'è ancora, con un altro Ciro e un altro Diego a cercarsi il talento nelle cosce, il Sogno tra i piedi.

Arrivo da lui che è ora di cena. Sono stravolto e mi cerco nelle braccia sue, e mi trovo.

SAN NICOLA
32ª giornata

Ci ragioniamo. Io da solo non ci sarei mai arrivato. Ieri, quando gli ho raccontato tutto, Stefano ha fatto una mossa con le mani che voleva dire: "Ma questi fanno davvero così schifo?".

Adesso sul divano, abbracciato al suo petto, lui mi mette una mano in testa.

– Diego, hai capito cosa hanno fatto?

Io mi sto per mettere un dito nel naso, approfittando che lui sta guardando da un'altra parte. Improvviso mi scosta per guardarmi in faccia e io mi amputo la falange dell'indice.

– No. Che cosa?

Stefano fa la faccia schifata. Per un momento penso perché mi ha visto. Invece, è per quello che ha capito di *Marisa*. Almeno uno, tra noi due, è quello intelligente e mi sa che non sono io.

In macchina. Diretti da Feemors. Stefano continua a tenere quella faccia schifata. Mò che mi faccio due conti so che *Marisa* sia una cagata pazzesca.

A vedere la faccia di Stefano, la sua espressione, mi domando che mossa gli è venuta quando ha dato il primo calcio a una palla. Che poi, non si capisce perché a noi maschietti quando vediamo per la prima volta quella cosa rotonda ci viene istintivo di darle un calcio. Allunghiamo la gambetta, liberiamo il piedino, ci curviamo un po' con la schiena e col-

171

piamo. La vediamo rotolare e spalanchiamo la bocca stupiti perché una cosa così non l'abbiamo vista mai da quando ci ricordiamo di stare con papà e mamma. Allarghiamo esagerata la bocca con gli unici due denti che si sono degnati di spuntarci e corriamo traballanti, felici, con le cosce a ics, per dare un altro calcio a quella roba che se la tocchi col piede cammina da sola. Che bellissimissima cosa strabilante!, diremmo. Cioè, se sapessimo parlare. Se tenessimo già un vocabolario con parole compiute diremmo Per mille pannolini pisciati come fontanelle! Questa cosa gira e gira e cammina quando le mollo un calcio nel sedere!

Le corriamo dietro invasati, come posseduti ci chiediamo pazzi di gioia Dove sta il sedere di questa cosa?, e se le tenessimo queste parole compiute diremmo Ma, ma ma, ma è la cosa più spettamiracolosafantastitrimeravigliosa di tutto l'universo!

In quel momento, quel momento là siamo tutti uguali. Tutti i bambini del mondo stanno con la bocca spalancata a recepire il miracolo di un fatto tondo che rotola.

Mentre Stefano spalanca la bocca per quello che ha capito, cerco di ricordarmi quando è successo a me. Crescendo, quando vedi e rivedi quello stupore sferico prendere direzioni inaspettate a seconda di come lo tocchi, ti fa comunque e sempre una cosa nello stomaco. Da grande cerchi di trovare un paragone. Non è come il sesso. Non è come la paura e l'euforia della prima volta che ti trovi chiuso in macchina con una ragazza. Non è come quando baci per la prima volta un ragazzo e senti di fare una cosa condannata dalla gente. Non è come quando tieni stretta a mamma e le dici "Auguri, buon compleanno". Non è nemmeno il mariuolo che tieni nello stesso stomaco, che quando rientra papà stasera te le dà, perché hai dato fuoco al nido di vespe nel giardino dietro casa e per poco non ti davi fuoco pure tu e ti stava per venire uno shock anafilattico per le punture. È un fatto diverso, una cosa straordinariamente perfetta e rotola. Cazzo, se rotola!

Non potrò sapere mai come ha spalancato la bocca Stefano al suo primo calcio, ma anche lui la pensa come me: *Marisa* è una grande troia.

Da Feemors ci è voluto andare lui. Per me, potevamo anche lasciar stare. Ci ha dedicato qualche anno della sua esistenza. Vuole chiudere il cerchio.

Lascia la macchina accesa. Fuori. Io non scendo. Non saluta nemmeno quando vede Feemors tutto denti.

– Ottimo lavoro, Michael.

In veranda, con un cannone in mano, Simone alza il mento per salutarci.

– Grazie – dice lui. – Era il minimo che potessimo fare per voi.

Nota la macchina in moto. Me in macchina.

– La macchina la lasci lì?

Ho fretta – dice Stefano. – Solo due parole.

L'intelligenza calcistica. Io, per esempio, penso di avere più tecnica. Molti cercatori sostengono che la parte atletica e l'agonismo non fanno di te un calciatore. Quando giochi, devi capire in che momento stai giocando. Per questo alcuni talenti immensi non sono esplosi. Perché non capivano quando si parlava di tattica, di moduli. Per questo, dopo un po', ragazzi dotati fisicamente e tecnicamente sono stati una promessa non mantenuta. Per l'intelligenza che ha, Stefano poteva essere un grande regista. Un grande centrocampista. Ma, come dice ogni tanto quando si diverte a fare un ruolo diverso, "Io sono un tronco". Senza il cervello non vai da nessuna parte. Senza il cuore: pure. Ma se hai solo cuore, ti conviene diventare volontario della Caritas. Se tieni solo cervello non hai niente da filtrare: saresti capace anche di non esultare dopo un gol ai mondiali. L'intelligenza calcistica ti dice cosa fare, il momento in cui farlo, e come.

– Sono venuto di persona a dirti che me ne vado da *Marisa*. Non voglio più avere a che fare con te.

– Tradisci lo scopo – sibila Feemors a Stefano.

– Di quale tradimento parli? Quello che permette a Ristagni di fare soldi con le chiappe di *Marisa*? Il tradimento dell'estate che sta per arrivare e ci trasferisce a Porto Rotondo? A Nizza? Forse stai *alladendo* al tuo ruolo di cane pastore, quello che tiene buone le pecorelle rottinculo per i suoi padroni?

Lo piglia per culo, Stefano.

– Fa' silenzio. Sei un cane e non sai cosa dici – attacca Ristagni aprendo la veranda.

Stefano fa conto che Simone non abbia detto niente. Manco lo vede. Feemors, Ristagni, Santamaria e chissà quanti altri del Palazzo, hanno creato la rete per tenere buoni i calciatori ricchioni illudendoli che le cose un giorno possano cambiare e, nel frattempo, i calciatori a cui piace il cazzo non fanno casini.

Alla fine, è probabile che *Marisa* sia stata creata proprio dai club più forti. È probabile che uno come Ristagni sia stato l'uomo giusto per gestire l'ingestibile. Feemors è solo una sua debolezza, forse l'unico uomo che è riuscito a metterglielo nel culo.

Questa è la conclusione a cui è giunto Stefano con la sua intelligenza calcistica.

– Michael, sono venuto qua per me, non per te. Volevo dirti io che vado via. Non mi interessa sapere come sei messo, cosa ti hanno promesso, che hai fatto, quale patto hai con Simone, qual è il tuo ruolo. E anche se non fosse così, il fatto che tu abbia permesso a Giussy di fare quello che ha fatto è gravissimo.

– What?! Don't say...

– Tranquillo – fa Stefano. – Non mi riguarda.

Mi indica.

– Lo vedi quello lì in macchina? Lui è la cosa che mi interessa. I tuoi giochetti, la tua *Marisa*, quella merda in veranda, non mi interessate. Potete essere quello che vi pare e non ho voglia di capire cosa esattamente siete. So però che non siete quello che dite di essere.

Michael è un toro che sbuffa.

Poi Stefano si rivolge a Ristagni e il suo tono ha qualcosa del rimpianto.

– Se penso a tutte le discussioni che abbiamo fatto, a quanto mi innervosiva il tuo modo di intendere la vita mi faccio una gran risata. Non valeva nemmeno la pena di parlati. Ti saluto campione, ci si vede in giro.

Dalla macchina, non posso fare a meno di ridere. Mi aveva detto che li avrebbe affrontati a muso duro. Svergognati. Sbugiardati. Invece, evidentemente, intelligentemente, li ha solo schifati con eleganza. Uno stronzetto snob. Ecco chi è il ragazzo di cui sono inesorabilmente, perdutamente innamorato: un fottutissimo stronzetto snob.

Sale. Mi guarda serio. Scoppia a ridere. Ingrana la prima. Andiamo.

IN CASA
34ª giornata

– Facciamo noi un passo. Facciamolo per primi.

Stefano vuole farlo. È convinto. Io perplesso. Non ho più la paura di essere scoperto né di essere insultato o di perdere tutto questo. In questi ultimi tre mesi ho fatto cose che mai mi sarei sognato di essere capace. Mi sento liberato. Ragionandoci, è come se avessi dimostrato a me di non essere un vigliacco. Era questa la paura grossa che tenevo in corpo e non me ne rendevo conto. A Giussy lo devo ringraziare. La dignità è una cosa che sappiamo noi di avere o di non avere. Non dipende da quello che dici o non dici, perché uno non può mettersi con la spada sguainata a combattere contro quelli che ti sganciano una vranga di missili addosso. E non ci sarebbe storia e poi sarebbe stupido "morire" così. È come se ricominciassi ora con un'altra idea, un'altra vita da fare ma che è sempre la stessa e un poco più pulita ma non con le "cose", con i "sistemi", con il "calcio" che sono fatti astratti, ma con le persone che scelgo io, quelle a cui voglio bene.

– Lo fai per dimostrarmi qualcosa?

– Lo faccio perché è giusto, Diego.

Ci penso solo un attimo.

– Sono d'accordo.

– Come procediamo?

Chiedo.

L'idea che viene fuori è quella di parlarne prima col capitano.

– Lo so.

Alla pizzeria *Due Leoni*, io e Stefano guardiamo Michele divorare la sua Margherita al prosciutto e non si scompone per quello che gli abbiamo appena detto.

Taglia un quarto di pizza. Lo mangia con le mani.

– Il giorno che ho portato mio figlio all'ospedale. Ti ricordi, Diego? Dovevamo parlare. Vabbè, co mi' fijo operato, so' dovuto scappa'. Te volevo avvertì che Santamaria sapeva.

– Come lo hai scoperto?

Chiede Stefano. Non mi sorprende più nulla. Nel calcio c'è omertà, ma di sicuro se muovi una foglia lo sanno tutti gli alberi del sistema.

– L'ho sentito che si lamentava con Regareali un pomeriggio dopo l'allenamento. Quello che vi dirò ora resta a questo tavolo. Se ne fate parola, negherò tutto. Quando siete stati aggrediti io ero in ospedale. Ho sentito Regareali che sbraitava con Santamaria, fuori nel parcheggio. Gliè stava a di' che lo voleva denuncia', che ne avrebbe parlato con quelli della Lega.

– Ma chi? Regareali voleva denunciare Santamaria?

– Sì.

A me e a Stefano viene la faccia storta.

– Anche di te e Sandrone so.

Continua Michele, indicando Stefano con la forchetta e buttando giù l'ultimo pezzo della sua pizza. Poi smette di masticare.

– Ops, ho detto 'na fregnaccia?

Rivolto a me. Rido.

– 'O ssapevo già.

Michele butta giù la sua 0.4 doppio malto come fosse acqua fresca.

– Vogliamo dirlo ai ragazzi...

Fa Stefano.

– Credi che ci faranno a pezzi?

Domanda ancora.

Michele scola la schiuma dal bicchiere vuoto della sua birra.

– La verità? Nun sarà 'na passeggiata. Io li conosco, so' boni come er pane, ma nun so' tutta 'st'apertura, tutta 'st'intelligenza. Non tutti quanti. Aò, nun è che gliè stai a di' "Aspetto 'n fijo!"? Gliè stai a di' che ce stanno du' froci nello spogliatoio.

Ridiamo tutti e tre. Poi si fa serio. Smette per un attimo di ruminare.

– Io ve l'appoggio. Nun ve 'lludete. Ce vole tempo. Ma so' sicuro che po' nun se tirano indietro. Dove volete parla'?

– Nello spogliatoio – dico.

– Me pare giusto.

– Sono io. Tutto bene a casa?

– Tutto bene. Come ti senti?

– Bene, ma'. Ma papà che fine ha fatto?

– Dorme.

– Ma sta dormendo da due mesi? Non mi risponde più al telefono.

– Si è addormentato mò.

– Quando si sveglia, glielo dici di chiamarmi? Gli devo domandare una cosa importante.

– Glielo dico.

IN CASA
36ª giornata

– Domenica c'è il Napoli, mi sono fatto stipare pure i biglietti già da un mese, ma com'è che non viene?

– Non viene – dice mia madre al telefono.

È come se mi avesse dato una coltellata. Da quando ha saputo di me non ci siamo più visti. Non abbiamo affrontato l'argomento. Prima mi chiamava almeno due volte a settimana.

– Dove sta? Me lo passi?

– Sta dormendo. Quando si sveglia ti faccio fare uno squillo – mente mia madre.

Chiudo la telefonata e prendo una decisione.

– Ti accompagno. Me ne resto in albergo, come abbiamo fatto a Natale. Non voglio affronti questa cosa da solo.

– Ste', grazie ma no.

– Ma ci andavi in aereo!

– Mi fa piacere così. Guidare mi aiuta a pensare.

Parto di notte. Mi piace guidare la notte. I pensieri si mettono in fila e sono più morbidi, soffici anche quelli brutti. Mi faccio in testa tutte le scene dei ricordi, anche più di una volta. Che poi, alla fine, ce ne stanno tre o quattro in tutto che comandano. Faccio un ricordo e arriva il campetto. Faccio un altro ricordo e arriva lo schiaffo del chupa-chups. Altro Ricordo e ancora mio padre che mi accompagna al campetto di Ciro.

Quando cresci, vai avanti con gli anni, tu poi anche senza che ci metti l'intenzione, lo modifichi quel ricordo che ti piace tanto, gli togli tutto quello che non torna nel tuo pensiero. Tutto quello che, in questo momento preciso della tua vita, non vuoi che ci sia.

Che te ne fotte se poi non era proprio così? Per te è quella la cosa più vera che potrai mai vivere, quella che dice: "Guardate che so' campato anch'io e ho avuto cose bellissime".

Non otto, ma nove ore ci ho messo. Arrivo alle sette del mattino. Dormono ancora tutti.

Non ho mai avuto le chiavi di casa. Ho dovuto sempre bussare per entrare. Le due. Le quattro. Le sei del mattino. "Bussa, io mi sveglio", diceva mio padre. Come se volesse sempre sapere in che condizioni tornavo. Se ubriaco. Se fatto di qualche droga.

Busso. Due volte. Sono passate da poco le 7. Mia madre risponde.

– So' io.

– Diego!

Salgo. Apre la porta.

– Che fai qua? A quest'ora poi?

Mi dà una rapida occhiata. Capisce che non c'è qualcosa di grave. Non è successo niente. Lo sa. Mi bacia. Entro.

– Sono venuto a trovarti.

– Papà sta dormendo – dice lei. – Faccio il caffè.

Mi siedo in cucina. Mia mamma di spalle, con la sua vestaglia bianca con i fiori rosa, prepara la macchinetta e si siede al tavolo con me.

– Stefano è uscito dall'ospedale?

– Sì.

– Sta bene?

– Sì.

Guarda i disegni sull'incerata.

– Tengo delle merendine. Le vuoi?

– Lo sai che non mangio la mattina.

– Che ne so. Magari avevi cambiato abitudine.

Guarda i disegni sull'incerata.

– Mamma, quanti anni tengo?

– Pensi che mi sono scordata il compleanno tuo?

– Mò faccio ventitré anni.

– Eh.

– Sono assai.

– Nun so' assai.

– Non tengo più dieci anni.

– Te si' fatto gruosso.

Mia madre guarda i disegni sull'incerata. Mio padre entra in cucina.

– Guagliò...

Ci fosse stata una volta. Anche per sbaglio. Un abbraccio. Mai una stretta di mano. Faccia scura come la notte e diritto all'obiettivo. Questo è mio padre. Vede la macchinetta sul fornello. Prende una tazza dal colapiatti. Si versa quello che c'è.

– Ci sta? Te lo rifaccio – dice mamma.

Lui niente.

– Ci sta lo zucchero?

– Sì – mia madre.

Si mette sul divano.

– Allora? Che fai qua?

Chiede il mio papà. Siamo abituati così. Senza tergiversare. Pane al pane. Vino al vino.

– Devo dirti una cosa.

Beve il caffè.

– Che cosa?

Papà guarda nel fondo della tazza. Mamma guarda i disegni dell'incerata. Li conosce a memoria.

– Non so come cominciare.

Lui sempre sul fondo della tazza.

– Si' ricchione?

Non mi guarda.

– Sì.

Fondo del caffè. Scola la tazzina.

– E che vuoi da me?

Mi sgarrupa. Che voglio? Cazzo. Tengo un elenco di "voglio" lungo un chilometro, un foglietto che ho scritto a 11 anni con tutte le cose che vorrei da te che, mannaggia a me mannaggia, mò non le tengo appresso e non te lo posso leggere.

Sicuro ci stava un cappello a forma di cono che volevo metterti in testa quando tenevo sette anni. Poi però avevo pensato che tu mai te lo saresti messo e lo buttai da sopra Santa Lucia, prima di rientrare a casa, da sopra il muretto e cadette in testa a una grassa che mi disse un fatto in inglese. Tengo la divisa del Napoli che mi stava troppo larga, quella che mi avevi preso tu prima di andare a vedere la Sampdoria. La tiene la mamma conservata dentro all'armadio che abbiamo messo nella cantina. Lei non te lo ha detto: di nascosto a te mi mettevo la divisa dei verdenero, me l'aveva comprata lei, la divisa della squadra che mi piaceva a me e che tu dicevi che erano dei ladri, dei disonesti, dicevi 'sta cosa dell'asse Milano-Torino che io non ci capivo niente. A me non me ne fotteva niente. A me Rumenigge mi piaceva troppo assai e lo trovavo potente. Mi immaginavo di stare in mezzo alle sue gambe così grosse e potenti e mi immaginavo di dormire insieme a lui, di stare con lui steso con la divisa addosso. Papà, a dire la verità, io a Rumenigge me lo sarei chiavato a sangue e senza pietà. Tengo, e lo tengo appresso, lo tengo nel portafoglio e questo te lo posso far vedere, tengo il biglietto della partita Napoli-Sampdoria del 29 agosto del 1993. E che tenevo? Cinque anni? Sei? Il Napoli perse 4 a 1 in casa e tu, era agosto, mi facevi aria in mezzo alla gente sventolando la mano in faccia e mi avevi messo sulle spalle tue. Sai che non so se è stata questa la prima volta che sono venuto allo stadio con te? Sicuro è la prima volta che mi ricordo. 'Sto biglietto tiene tutto cancellato. Non si vede più niente. Però me lo sono conservato. Come ho fatto? Ero piccolo e scemo. Scemo lo sono anche mò, papà. Tengo un sacco di cose che voglio dirti. Come faccio? Mò che tu me lo chiedi non so da dove cominciare a dirti quello che voglio. Non mi viene niente. Allora faccio come ho imparato a fare da poco. Apro la bocca e dico quello che mi sento.

– Te ne sei ritornato a Napoli all'intrasatto.

– Tenevo cose da fare. Anna, lo fai un altro poco di caffè? O devo andare in Brasile?

Mia madre si alza. Esegue. Io dietro di lei. Con lo sguardo.

– Pensi che so' ignorante? Tieni ragione. So' ignorante. Ma nun so' cretino.

Adesso li guardo io i disegni sull'incerata.

– Vieni qua, e sei 'a matina, e che vuò?

Ha la faccia offesa. La tazza in mano, vuota. Le gambe incrociate. Il pigiama celeste che tiene l'orlo consumato.

– Dico ai compagni di me, quello che hai detto tu.

– Anna! Ma 'stu cafè adda arrivà do Brasile? – lo dice un'altra volta questo fatto.

Mia madre fa un gesto verso la caffettiera. Come a dire che non è lei ma il fuoco. Che ci vuole il tempo che ci vuole, in tutte le cose.

– Sono venuto perché ti volevo dire quello che voglio fare. A te e alla mamma.

Non si smuove. Mi guarda. Inghiotto ansia.

– Lo voglio dire alla squadra. Pure Stefano lo farà. Non so che succede dopo. Volevo avvertirvi. Non sia mai poi sapevate i fatti dai giornali.

Non parla. Di' qualcosa papà, penso. Insultami, fai un fatto, ma dimmi qualcosa. Ma nulla. Allora continuo.

– Ho pensato che…

– A noi quando ce lo dici?

Mi interrompe lui. Il rumore della caffettiera che sale. Il caffè è pronto. Mia madre la toglie dal fuoco prima che finisca il suo borbottare.

– Sono venuto per questo.

– Sei un uomo fatto.

Afferra il pacchetto di sigarette sul tavolino. Se ne accende una.

– Papà…

Butta via la sigaretta. Si mette le mani in faccia. Resta zitto. Mia madre porta il caffè su un vassoio. Due tazzine. Lo posa sul tavolino. Si mette seduta su una sedia, intorno al tavolo della cucina. Papà prende la tazza e se la porta alle labbra. Fa un sorso e poi la sbatte a terra.

– Tu pienzi ca 'e capito tutte 'e cose? Pensi veramente che hai capito ogni cosa. Mio figlio viene struppiato di mazzate, insieme al compagno di squadra. Me scapizz' in ospedale, pe' vede' che è succieso, e vengo e che trovo? Una signora che non ho mai visto, mai in vita mia, mai!, che me dice a me: "L'importante è che si vogliono bene". Sai che ho risposto? Ho risposto: "Sì, questo è l'importante". Ho pensato che stavi pe' murì, e invece entro dentro a quello sfaccimmo di ospedale e devo rispondere "Sì!, questo è l'importante!".

– Papà, fammi parlare.

– Devo arrivare a Roma, nell'ospedale di non so che cosa, per sapere chi è mio figlio!?

– Famme parla' – faccio io.

Papà prende tutto il vassoio e me lo butta in faccia. Mamma fa un balzo dalla sedia. Guarda a mio padre. Immensa.

– Agosti', mò l'è fernì. Vattene a durmì, va', ca è meglio!

Mio padre si alza dal divano e se ne va in camera da letto.

Io senza parole. Mia madre? Questa è mia madre? Prende un tovagliolo mi asciuga la faccia. Il caffè si è sparso per tutta la stanza. Mi tolgo tutto. Lei va nella mia vecchia camera. Ne torna con una maglietta pulita.

– Vedi se questa ti va ancora.

Prende la sedia e la mette vicino alla mia. Restiamo così, tutti e due di fronte al divano. Vuoto.

– Ci stava un casino per tutta la città.

Non capisco. Che dice?

– Non si poteva passare. Io tenevo un dolore che solo chi ha fatto i figli lo conosce. Agostino era sceso e salito cento volte. Non voleva lasciarmi sola a me. Tu lo sai, tuo padre per il Napoli si farebbe appiccià. Lui avanti e indietro. Non tenevo ancora niente, non avevo ancora niente, nessuna contrazione, una spinta, niente, ma lui non è sceso nella gente, si è messo al balcone a guardare la festa dello scudetto. Io sul divano e lui guardava un po' giù e un po' a me. A un certo punto, ho capito che stavi per arrivare e pure tuo padre lo ha capito. Mi ha pigliata in braccio, mi ha sceso giù per le scale e mi ha messo in macchina. Non si poteva camminare, non ci stava niente da fare. In mezzo alla gente, non so come ha fatto. Lui affacciato al finestrino che diceva a tutti di spostarsi e io sdraiata sul sedile. Mi ricordo la folla che si apriva e ci faceva spazio. Se ci penso ancora mò non so come ha fatto. Siamo arrivati all'ospedale Loreto. Non volevo andare là, ma lui mi diceva che dalla parte di via Marina c'era meno gente e da dove stiamo noi non ci metti assai. Non me lo scordo fino a quando campo quello che si è firato di fare dentro a quel Pronto Soccorso. Stavano tutti festeggiando. Tanto, una che deve partorire, mica lo fa subito subito. Teneva un'autorità nel domandare le cose. Il medico di turno si è messo a squadra. Sono entrata in sala travaglio e lui è rimasto fuori. Ogni tanto apriva la porta. Non voleva entrare. Io gli facevo con la mano vieni, vieni pure tu. Ma lui no. "So' cose 'e femmine", mi ha detto zitto zitto quando si era affacciato per la decima volta per vedere a che punto stavo.

Mia madre si chiude bene la vestaglia e resta con le braccia incrociate.

– Quanto mi ha fatto arrabbiare per il nome. Uh!, quante gliene ho dette.

Ride la mia mamma, mettendo le mani in grembo, a proteggere la chiusura della sua camicia da notte.

– Però l'ho perdonato subito. Che gli potevo dire? Aveva rinunciato a festeggiare la cosa a cui teneva di più da quando era nato. Che gli dicevo? Il nome di nostro figlio nun me piace? Dopo tutto quello che aveva fatto?

– Non ha fatto niente di straordinario.

Dico io riprendendomi. Mia madre solleva lo sguardo dal divano. Mi sento piccolo piccolo.

– Te la posso chiedere una cosa?

– Certo, come no.

– Lo vuoi bene a Stefano?

Ecco qua. I pensieri fatti, le strategie pensate durante il viaggio, non sono servite a niente. Non valgono a niente neanche con la mamma. Non servono.

– Mammà, ja.

– Diego, guarda che nun è una partita. Non ci sta da capire come devi tirare, quelle cose vostre là. A Stefano gli vuoi bene, sì o no?

Quando mai ho parlato con mia mamma così? Mai. Mi affido all'istinto.

– Sì.

– Assai?

– Assai.

– Allora, che è 'sta storia del dovere? Si' 'o vuò bbene a Stefano capisci tutte le cose che ci stanno da capire. Non te le deve spiegare nessuno. Pure se lui ti dice un fatto per un altro.

Mi sono un po' perso. Non so dove vuole arrivare. Così nuovo tutto questo, per me.

– Secondo te papà perché si è arrabbiato?

– Vedi tu!

Dico io con la risposta in tasca. Mamma sorride. Come è bella la mia mamma, stamattina. Non l'ho mai vista così bella.

– Si' proprio 'nu scemo a mammà – mi fa una carezza la mamma mia. – Io a papà tuo lo so da venticinque anni. Non è quello che ti credi tu. Quando Gianna gli ha fatto capire quello che io sapevo già, lui si è sentito un estraneo, escluso, si è sentito un padre che non ha saputo capire chi era suo figlio. Quando sono tornata da Milano non faceva che dire in continuazione: "A figliame nun 'o saccio". Tuo padre è il marito che mi sono sognata tutta la vita. Ho tenuto la fortuna di incontrarlo e di sposarlo. Tiene il carattere dei quartierani, l'ho capito, un carattere chiuso che non te la dice una parola gentile manco se lo uccido. I quartierani ti vogliano sempre dare addosso quando parlano.

– Non mi ha fatto mai parlare. Ha fatto sempre tutto lui. Per lui io non sono buono a niente.

– Nun è 'o vero. Non sa parlare, non sa come fare per fartelo capire, ma sei l'orgoglio suo. Non gli puoi dire niente a tuo padre adesso. Se lui stasera ha sbagliato, perché dici che non ti capiva, allora hai sbagliato pure tu perché ci hai tenuto fuori da certe cose tue. Se tu non ce le hai mai spiegate a tuo padre, come puoi pensare che lui le capisce? Comme può pretendere mò?

Mamma mia è una mamma nuova per me. Non la riconosco.

– C'aggia fa? – chiedo io senza più una bussola.

– Niente – dice la mia mamma. – Ritorna a Milano. Me lo vedo io.

CIBALI
37ª giornata

Michele Giardini ha parlato col Mister prima di cominciare. Il Mister ha parlato con lo staff prima di cominciare. Stefano ha parlato con Sandrone ieri e non è felice della nostra scelta. Stefano gli ha assicurato che non dirà niente della loro storia, e lui ha detto: "Non è per questo".

Io e Stefano ci stiamo cagando sotto dalla paura e siamo andati sul campo prima di tutti a riscaldarci. Ora però stiamo seduti tutti sulle poltrone. Un paio restano in piedi. L'allenatore è in mezzo.

– Baldini e Di Martino hanno qualcosa da dirci.

Ci alziamo in piedi. Ci guardiamo. Ci siamo preparati. Poche frasi precise. Giardini si alza dal suo box. Indossa la fascia di capitano e ci viene vicino.

Comincia Stefano.

– Sono gay.

Un colpo di tosse a sinistra. Un parlottio a destra. Cannavacciuolo, Mezzani, Frears, Careddu, Di Leo abbassano contemporaneamente gli occhi a terra.

– Anch'io.

Aggiungo.

Lo spogliatoio si fa obitorio. Simonetti, Mariotto, Ben Omar e Stromberg incrociano contemporaneamente le braccia.

Ancora Stefano.

– Io e Diego stiamo insieme.

Lo spogliatoio ora si è trasferito al polo Nord.

Tocca a me.

– L'aggressione che abbiamo avuto a gennaio non era una rapina. I nostri ultras avevano saputo.

Ora siamo proprio era glaciale.

Stefano.

– Io e Diego abbiamo deciso di dirvelo perché giochiamo insieme. Siamo una squadra, pensiamo sia giusto che...

– Non voglio fare la figura dello stronzo.

Roberto Cannavacciuolo.

– Ma a noi che ce ne fotte?

Io e Stefano ci guardiamo in faccia. Risponde Stefano.

– Le voci girano. Le cose dette a mezza bocca non mi sono mai piaciute. Non vogliamo che ci siano delle incomprensioni tra noi.

– Perché ce lo dite adesso?

– Gli omosessuali nel calcio non esistono. Non sono parole mie, lo sai Robbè.

– Lo dite pure in pubblico?

Chiede ancora Roberto.

Da quando abbiamo cominciato questa dichiarazione, Freelay ha spalancato la bocca e così è rimasto. Poi, Michele Giardini.

– Come capitano di questa squadra, sono felice che Diego e Stefano ci abbiano dato fiducia. Personalmente non ho nessun tipo di problema. Io l'ho saputo prima di voi. Come capitano vorrei però anche capire se c'è qualcuno che la pensa diversamente. Ve prego d'esse' sinceri, perché Diego e Stefano se lo meritano per il coraggio che cianno avuto.

Qualcuno fa di no con la testa, qualcun altro dice nessun problema, un po' no da destra, da sinistra.

– Bene – dice Giardini. Poi rivolto a noi. – Volete aggiunge altro?

– Nient'altro – fa Stefano.

– Alle docce – conclude Giardini.

– Tutti qua domani alle tre – la voce del Mister. Quasi me ne ero scordato.

Appoggiati alla parete dell'ufficio di Regareali, c'è l'allenatore con tutto lo staff. Capretti, il responsabile dei preparatori atletici ha una faccia disgustata. Dellavilla, il massofisioterapista, tiene l'espressione di chi non vorrà mai più mettermi le mani addosso e lo sta pensando proprio a tutte le volte che mi ha messo le mani addosso. Gabbiotti, il terapista della riabilitazione si sta squadrando Stefano da capo a piedi, tiene scritto in faccia: "A saperlo prima ci avrei provato", che lo sappiamo tutti che "Tiene la botta sotto l'ascella", come dice sempre Cannavacciuolo.

Nello spogliatoio si crea un'atmosfera alla Psyco. C'è il rumore dell'acqua delle docce e basta, non c'è una parola, una battuta, una risata, un vaffanculo, un bestemmione, un frocio di qua o un frocio di là, un portami tua sorella. Solo acqua che scorre.

Via via, tutti. Saluti formali. Ciao, a domani. Sandrone Alfieri passa vicino a Stefano, gli mette una mano sulla spalla.

In tutto questo casino non ho più pensato alla casa di San Donato. Non ho più sentito l'agente immobiliare. Meglio così. Non so quanto tempo resto qua a Milano, se mi vendono, sbattono fuori, se mi fanno a quadrettini e mi buttano nella munnezza.

Davanti all'entrata di casa vedo scendere da un taxi mio padre.

Stamm'apposto. Proprio lui ci mancava. Che sarà venuto a fare? A schifarmi fino a qua. Sarà venuto per non farmi parlare con i compagni, ma è tardi papà. È tardi.

Accosto la BMW. Lascio in moto. Scendo.

Mio padre va dall'altro lato della portiera del taxi. Apre.

Scende mia madre. Si girano dalla mia parte. Gli vado incontro con la faccia a peste. Oggi no. Stasera no. Dopo il pomeriggio nello spogliatoio sono senza forze.

– Uè.

Papà chiude lo sportello. Si affaccia dal finestrino e dà i soldi al tassista.

– Sient' Diego... Ma almeno due biglietti gratìs per domenica sera ce la fai a farceli capitare? Che maronna!, sono o non sono il padre del più grande attaccante dei verdenero?

Guarda mia madre.

– 'O padre e 'a mamma 'e Diego Di Martino.

Mi squaglio.

– Comme no – faccio io.

Posa la borsa a terra. Fa una cosa che non ha mai fatto in vita sua. Sono impacciato, imbarazzato. Non sono abituato. Non so come reagire. Non so dove mettere le braccia. Intorno ai fianchi? Sulle spalle? Ma loro, le braccia mie, se ne fottono di me e di quello che sto pensando. Fanno a capa loro. Le braccia ca ti vogliono bbene lo sanno da sole quello che devono fare.

– Ci siamo presi l'albergo. Io e mamma volevamo farti la sorpresa, non è che ci devi ospitare tu.

Mia madre, dietro di noi, piange. Tranquillamente, piange.

– Che stai dicenno, papà? Nun esiste proprio. Vi voglio qua a tutti e due. Saliamo, ci facciamo un piatto di pasta.

Lo stringo io, stavolta. Il fatto è che le braccia, una volta che hanno imparato come fare, non se lo scordano più.

IN CASA
38ª giornata

La droga si perdona. Tradire la moglie si perdona. Picchiare un compagno, un fotografo: si perdona. Abbandonare in un ospizio la madre si perdona. Andare a mignotte si perdona. Pagare ragazzine per farsi succhiare l'uccello nelle ville fuori Milano si perdona. Il saluto fascista in campo si perdona. Guidare senza patente, perché te l'hanno ritirata e causare un incidente riducendo un ragazzino di tredici anni in fin di vita, si perdona. Fare sesso con una transessuale si perdona. In realtà, tutto il sesso si perdona. Si perdona, si risolve e si perdona qualsiasi cosa nel calcio: tranne una. È l'amore tra due uomini, soprattutto se calciatori nella massima divisione, che non si perdona. È la tenerezza che non si perdona. È l'amore storto che somiglia paro paro all'amore dritto che non si perdona: la somiglianza alla sedicente normalità, in questi casi, non si perdona mai.

L'ultima partita dell'ultima giornata di campionato. Di sera. È toccato a noi stabilire l'ultimo risultato che determina la classifica definitiva di quest'anno. Siamo quarti: è certezza matematica di partecipare all'Europa League. Tutti la chiamiamo ancora col vecchio nome di Coppa Uefa. Vincere stasera sarebbe Champions League. Ai verdenero basterebbe anche un pareggio, visto che siamo a pari punti con la terza, ma abbiamo una migliore differenza reti. I nostri avversari sono secondi. Champions certa per loro, anche se pèrdono.

Fra qualche settimana giocheranno anche la finale di Coppa Italia. Un punto per parte darebbe la certezza a entrambe le squadre di fare secondo e terzo posto. Un punto per parte porterebbe i verdenero nell'Europa più prestigiosa e consoliderebbe il loro secondo posto. Inutile nasconderlo: noi in campo, i giornalisti, i presidenti delle due squadre, gli allenatori e tutti quelli sugli spalti venuti a vederci stasera, sanno che questa partita è già decisa. Un fair play degli avversari. Un piacere, non dichiarato, da parte della formazione che può permettersi qualsiasi risultato. Stasera noi aiutiamo voi, e domani, quando ce ne sarà bisogno, voi ricambierete il favore a noi e chi se ne fotte della correttezza sportiva. In pratica stiamo già col piede avanti, alziamo già la coppa immaginaria del terzo posto che ci permette di accedere alla Champions.

16 maggio. 19 e 41. Riscaldamento finito per entrambe le squadre. Lo spogliatoio dei verdenero è silenzioso. Ci vestiamo in silenzio. Ci muoviamo in silenzio. Da quando lo abbiamo detto, i nostri compagni sono come impietriti, silenziati come le suonerie dei nostri iPhone. Freelay sembra quello più a disagio. Quando mi incrocia cambia strada e non credo perché si senta in colpa per aver parlato con Santamaria.

Feemors e Ristagni, al tunnel, sono pieni di astio con me e con Stefano. Sono pieni di astio anche l'uno con l'altro, questo è certo. Ma ora sono sul campo, in squadra, perciò per 90 minuti sono dalla stessa parte, fanno fronte comune.

Sottovoce Ristagni insulta Stefano. Anche Feemors. Niente di nuovo. Succede. Si parte dalle madri, sorelle, mogli, per arrivare al solito attacco alla virilità. Nel tunnel e in campo ci si insulta in continuazione. La quaterna arbitrale si gira tutta insieme per capire che succede. D'incanto tutti in riga, in fila. Zitti. Entriamo.

Fischio d'inizio.

Feemors e Ristagni a centrocampo: due colossi. È gente di carisma e con le spalle tante. Feemors e Ristagni puzzano di esperienza e la puzza che fetono dà coraggio e vigore alla loro squadra che ha smarrito certezze e punti nelle ultime 4 giornate, uno smarrimento che è costato lo scudetto assegnato ai rivali di una vita.

Partono sparati. Feroci. Animali.

Al 5o minuto del primo tempo, noi in campo, i giornalisti, i presidenti delle due squadre, gli allenatori, tutte e due le panchine e tutti quelli sugli spalti venuti a vederci stasera, comprendono che questa partita non è affatto già decisa.

Careddu e Simon sono costretti ad arretrare per aiutare la difesa spesso in affanno. Mezzani si attrezza per fare miracoli su Ristagni. Piccardi non è in gran forma e Feemors se lo sta mangiando come un friariello.

Così non va. Dopo solo venti minuti di gioco siamo già esausti.

A una rimessa laterale scorgo i due presidenti delle squadre con le facce sconcertate. Sono tutti e due al telefono, discutono con la mano davanti alla bocca per non farsi leggere il labiale. È facile intuire che si stanno parlando, è facile intuire cosa si stiano dicendo.

Feemors spazza via Frears come una foglia secca. Si disfa di Cannavacciuolo come di una mosca fastidiosa. In parallelo, Ristagni penetra al centro e riceve il passaggio millimetrico di Feemors che taglia in due la diagonale di posizione Simon-Careddu. Mezzani non ci sta. Tocco di esterno destro e Ristagni fa fesso anche Mezzani, Stronberg è in ritardo al secondo rimbalzino la palla si alza di due centimetri da terra e permette a Ristagni di sparare una fucilata a Stefano che si tuffa, ma nulla può.

1 a 0.

Addio Champions. Simone Ristagni passa davanti a Stefano che si sta rialzando.

– Sei un perdente, culattone. Lo sarai sempre.

Fa un semicerchio. Incrocia Michael Feemors. Si abbracciano con pacca sulla spalla, movimenti speculari. Freddi. I compagni li festeggiano. Riprendono posizione.

Il Mister sostituisce Piccardi con Ben Omar. Coro di insulti. Ben Omar alza una mano e se la porta veloce, a taglio, dietro la testa a dire: "Andate a fare in culo tutti".

Ben Omar dà qualche risultato in più sulla fascia sinistra. Tutti nella nostra metacampo. Anche io e Giardini arriviamo a supporto delle fasce. Un po' riusciamo a contenere, ma non più di tanto. Ricurvi di Roma chiude il primo tempo, senza recupero.

Nello spogliatoio Giardini è il primo a sbottare.

– Che cazzo si sono messi in testa? Che se so' fatti Ristagni e Feemors?

Il Mister.

– Non capisco nemmeno io cosa vogliano fare. Ho sentito il presidente. Pare sia un'iniziativa dei giocatori. Vogliono vincerla questa partita e sbatterci fuori dalla Champions. Saranno incazzati per aver perso lo scudetto. Vogliono rivalersi su di noi...

Il Mister si porta una mano sotto il mento. Quindi, ci comunica la sua strategia...

– Diego: arretra. Gavino spostati avanti con John, in linea con Diego. Fuori Pietro. Dentro Sandrone. Pietro non te la prendere. Hai dato parecchio in questo tempo. Sandrone lo conoscono meno. Sandrone muoviti orizzontale, supporta Roberto quando cala Feemors e sgomma a sinistra da Lorenzo per rompere le uova a Ristagni. Michele, tu e Diego aspettate l'inserimento delle ali. Capito tutto?

– Sì Mister – in coro.

– Diego?

– Sì, Mister. Chiaro.

Silvio Regareali va col suo vice nell'ufficietto. Di nuovo silenzio nello spogliatoio. Passa un minuto buono. Silenzio. Insopportabile.

– Basta!

Stefano, sbottando. Appoggia gli occhi su ognuno. Vado a sedermi vicino a lui. Si sente responsabile di questo momento.

Di questo scollamento. Lo affianco. Chiedo anch'io.

– Ragazzi, che vi piglia?

John fa per andare nella sala attrezzi.

– Nun te move da lì, Freelay.

Ordina Michele. Da capitano.

– Baldini, basta lo dico io. Pare 'n cimitero qua dentro. So' dieci giorni che nessuno dice 'n cazzo. De che tieni paura te?

Dice rivolto a John.

– Che Di Martino te 'mbocca sotto la doccia e te lo butta ar culo?

– What are you saying?! – protesta Freelay arrossendo.

– Parla italiano. Che l'inglese nun lo so.

Duro Michele.

– Questi due so' i nostri compagni de squadra. Ci abbiamo giocato pe' 'n'anno. Nun so' artri, so' proprio loro!

Fuori di sé Giardini.

– Che cazzo stamo a fa'? Tutti a di' nessun problema e poi famo tutt'artro. Frears! Ma quante canne te fai a settimana? Mariotto, tu te 'mpippi. Erik, te stai a scopa' ogni tre minuti e c'hai 'na moglie e du' figli.

I tre menzionati stanno per protestare, ma Michele li ferma con una mano.

– Gavino!

– Che ho fatto? – sorpreso Careddu.

– Te puzzano li piedi!

Attimo di spaesamento. Poi risatona generale.

– Johnny! Te l'hai visto a Baldini? E te sei visto te? Sei er cesso! Se Diego te venisse sotto la doccia, giuro che lo corcherei a sangue. Perché c'avrebbe er gusto de 'na scimmia.

Il Mister, il vice, i massaggiatori, il magazziniere. Tutti dietro a ridere. Ben Omar appoggia il braccio sulla spalla di Mezzani che nel frattempo si sta ravanando nelle mutande. Lorenzo se ne accorge. Toglie immediatamente il braccio e gli fa:

– Aò!

Mezzani lo guarda così. Altra risata generale.

Si fa serio il grande capitano Michele Giardini.

– Chiedo scusa a Francesco, a Erik e Simon.

– A me no? – chiede Gavino.

– Interrompi ancora e t'inculo a passo de cammello!

A sentirle da fuori, tutte queste risate, si potrebbe pensare che stiamo vincendo 10 a 0.

– A te li piedi puzzano per davero!

Il capitano continua.

– Stefano e Diego potevano non dirci nulla. Ognuno di noi c'ha le sue cose. I fatti suoi. Li sappiamo gli altarini, noi li conosciamo i nostri altarini. Baldini e Di Martino ci hanno detto 'na cosa loro perché se fidano de noi. Quando siamo qua dentro, prima di andare là fuori a bestemmiare, quando stiamo qua dentro noi semo 'na squadra.

Pausa.

– Semo 'na squadra noi?! – urla ancora il capitano.

Ci stringiamo tutti a cerchio. Un girotondo. Anche gli altri che stavano dietro, il Mister, il vice, gli altri dello staff.

Entra a sorpresa l'arbitro.

– Pensate di giocarlo il secondo tempo? Ho una certa fretta di tornare a Roma.

Il secondo tempo si combatte con le spade. Sangue e sudore. Il nostro capitano incita tutti. Un calcio d'angolo a cinque minuti dalla fine è un'occasione. Tutti in attacco.

Simon calcia preciso sulla testa di Frears che vola altissimo e insacca. Siamo in Champions! Ristagni non ci sta. Feemors non ci sta. Si combatte con le spade e con le gambe, si resiste, si suda e si bestemmia, ma è finita!, lo stadio in visibilio!, il cuore mi scoppia di felicità, una gioia incontenibile, i tifosi impazziti e io vado da Stefano, lo abbraccio, lo guardo, gli do un bacio sulla bocca, non ci stacchiamo più e la nostra immagine è sul videowall, lo stadio è ammutolito: non si sente un fiato...

– Fuori Mezzani. Dentro Alfieri. Alfieri devi dare una mano a Cannavacciulo quando cala Feemors e volare a sinistra per raddoppiare con Ben Omar. Cerchiamo di fermare quella belva di Ristagni. Milton tu spostati in avanti. Vi voglio tutti a centrocampo. Giardini, tu stai solo perché Di Martino... Di Martino sei dei nostri?

La voce del Mister mi scuote.

– Sì sì.

– Di Martino, tu arretra. Niente lanci lunghi e imposta verticalmente. Fa soltanto questo, le ali faranno il resto. Capito tutto?

– Sì Mister – in coro.

– Di Martino, a posto? Di Martino!

– Tutto chiaro, Mister.

– Dove cazzo ce l'hai la testa?

Poi batte le mani.

– Ragazzi, avevo pensato a uno schema difensivo, di contenzione. Non pensavo che questi bastardi impostassero così la partita. Su, muovete il culo. Facciamogliela vedere a questi qua.

Il Sogno.

Questa non è una sola partita. Sono due, sono quattro partite, dieci partite. Quella dei verdenero. La mia e quella di Stefano. Quella di Feemors e di Ristagni, della loro squadra.

La partita di quello che è e di quello che non si deve sapere. La partita delle cose che funzionano così, da sempre, e la partita delle cose che non cambiano mai se non le cambiamo noi. Questa è la partita di chi si adegua al sistema e di chi invece non ce la fa o non vuole adeguarsi.

La partita del campetto, che all'imbrunire liberava il corpo in tutta la sua potenza, quella del momento in cui la mente si appropriava della corsa, del fiato, della stanchezza e diventava il motore di un Sogno, quella partita là non la giocherò più.

Regareali, il vice, e lo staff vanno al tunnel. Il capitano ci guarda uno per uno. Poi improvviso aggiunge.

– A me nun me va che questi mò se so' fatti salta' la mosca ar naso. Nun se capisce che gli è preso.

– Pensavo fosse una passeggiata. Itta gazzu!

Gavino Careddu. Si capisce solo lui.

– Quanto me stanno sui coijoni quei due! – dice il capitano.

– Facciamogli del male – fa improvviso Stefano.

– Come? – Giardini.

– Stanno giocando in due, non lo avete notato?

Il Mister dà una voce. Manca un minuto all'entrata.

– Non ci avete fatto caso? Tutta la squadra s'è messa al loro servizio. Ristagni si incazza, reclama la costruzione a suo favore quando il centrocampo serve Feemors. Stanno giocando da soli, per la loro stessa vanità.

– Ma vieni! – fa Mariotto plateale.

– Drogat'! Nun fa 'o milanese – lo carica Cannavacciuolo.

– Baldini, non pe' rompe' er momento der sentimento, ma è 'na cosa che fanno sempre – osserva Giardini.

– Appunto. Noi no. Noi giochiamo insieme.

– Sarà... – aggiunge ancora Giardini.

Il Mister adesso lancia un vero e proprio urlo.

– Cosa cazzo state facendo?! Fuori!

Rifacciamo il tunnel, alla rinfusa. Ci posizioniamo in campo. Ricurvi fischia l'inizio della seconda frazione di gioco.

Gli interventi tattici del nostro allenatore, una specie di 3-6-1, dovrebbero un po' frenare i due cavalieri dell'Apocalisse. Col centrocampo così folto diventa difficile arrivare nella nostra porta, e con questo delirio di centrocampisti il Mister in pratica pretende da noi un maggiore possesso di palla.

Al 49esimo minuto fiammata di Frears sulla destra. Guadagna un calcio d'angolo. Batte lo stesso Frears, diretta a me, appena fuori area. Senza pensarci, al volo, con una mezza rovesciata. Il loro estremo difensore esce a pugni uniti, la palla finisce al loro centrale, Giardini cerca di portagliela via, fallo laterale, rimessa degli avversari.

Al 52esimo si defila Feemors a destra, entra in area, Cannavacciuolo abilmente lo disinnesca. Con l'aiuto di Careddu controlliamo la palla e rallentiamo il ritmo. La squadra avversaria si mantiene molto alta, non ci permette di affondare e il fuorigioco è sempre in agguato. Il coro dei nostri ultras, accompagnato dai tamburi. La curva sud invoca ora il mio nome ora Giardini.

Al 54esimo rubo palla dalla trequarti. Lo scambio accelerato con Giardini sega a metà la difesa avversaria, lancio una saetta da quindici metri, di destro: fuori di un soffio.

Al 58esimo anche Ristagni prova da fuori, ma è murato da Simon, anche lui non sta facendo 'sta gran partita.

Al 61esimo Feemors prova a saltare Cannavacciuolo sull'esterno. Fermato agevolmente.

Al 63esimo Vertonssen e Lion si alzano dalla panchina e cominciano a riscaldarsi. Possibile cambio delle punte. La sostituzione riguarderebbe me e Giardini. Comprensibile.

Al 69esimo grande uno-due di Feemors e Ristagni beffa Alfieri al limite dell'area. Milton fallisce il tackle e posiziona lo stesso Feemors solo davanti a Stefano, a tre metri e fa partire il suo sinistro in diagonale: da lì non si sbaglia. Stefano, con gran culo, non so come fa, distende il suo braccio sinistro come la zampa di un gatto, intercetta e manda in corner. Si rialza e fa un cazziatone a Milton.

Al 72esimo una mischia furibonda nell'area di rigore avversaria. Il fallo di mano di Colanti, il loro centrale, non viene fischiato dall'arbitro. Il nostro capitano Giardini si arrabbia e viene ammonito per proteste. Siamo a quattro cartellini gialli per parte. Si intensifica il riscaldamento di Vertonssen. Lion torna in panchina.

Al 76esimo altro fallo fischiato a Giardini.

Un altro al 78esimo.

Ricurvi ormai ce l'ha con lui. Ogni volta che un difensore avversario lo affronta, anche un semplice contrasto accettato normalmente, viene fischiato. Dovrebbe essere il contrario: è più facile che sia il difensore a commettere fallo sull'attaccante. Un po' per questo un po' per tentare un'ultima carta d'attacco, il Mister lo sostituisce con Vertonssen. Modulo invariato: sempre unica punta. Io resto in campo.

All'82esimo Feemors svetta e potente bordata di testa che becca la traversa. La palla fugge via e arriva sui piedi di Sandrone Alfieri che serve di prima intenzione Careddu, intercetta malamente il tacco di Feemors e raccolgo io. Vertonssen è davanti a me, lo vedo e galoppo una decina di metri, centralmente, il mio rasoterra preciso lo lancia a Erik: contropiede micidiale. Frears va in appoggio e adesso sono due contro due. Serie di finte, il modo suo solito di fare un doppio passo col singhiozzo, così gli diciamo sempre tutti, prova alla fine il dribbling, perde palla, gli avversari rientrano, Erik caparbio la riconquista, si gira e urla "John!", e senza vedere pennella un assist per Frears dalla parte opposta che pare concordato a tavolino e prende in controtempo il loro difensore centrale. John fa due passi, si coordina e al volo spara un missile da dieci metri: imparabile.

Pareggio! Abbiamo pareggiato!

Frears zompa per tutto lo stadio, fa una capriola all'indietro e aspetta l'abbraccio nostro che arriva, arriva e lo sommergiamo. Dalla nostra porta Stefano fa la faccia di un gorilla.

– Sììì!!! Siamo noi!

Restano da giocare 7 minuti più recupero. I verdenero sono tipo Mila Azuki con cento palloni bianchi che le vanno incontro mentre impara a ricevere. Non vinciamo, ma non perdiamo. Lottiamo. Ci difendiamo. Alla fine, anche la vita in sé è tutta una difesa del proprio pezzo di carne dall'attacco schifoso del mondo. Dobbiamo portare a casa questo risultato. Che poi, è il risultato quello che conta, no? Certo, per questa partita. Per un'altra partita quello che conta è vendicarsi di una sconfitta subita. Per un'altra è la possibilità di esserci. Per un'altra partita ancora è sognare. Quello che conta adesso, penso, è un risultato alla volta. Minuto dopo minuto è questo il risultato che in questa sera di maggio i verdenero riescono a ottenere: 1 a 1, terzo posto e Champions League.

Al fischio finale di Ricurvi tutta la panchina si riversa in campo. L'esultanza nostra è incontenibile. Ci abbracciamo. Gli allenatori si stringono la mano. Chi si scambia la maglia. Chi dà una capata all'altro. Chi si toglie i pantaloncini. Chi si lamenta di una frazione di gioco con gli avversari, con i compagni di squadra. Chi va dall'arbitro per salutare. Sugli spalti è una festa incredibile. Una gioia irrefrenabile. Tra gli ultras c'è Gaia, ferma come una statua. Guardo in tribuna e vedo papà e mamma in piedi: applaudono. Feemors e Ristagni, uno vicino all'altro, le mani lungo i fianchi, imbambolati, con la faccia di chi ha perso il mondiale in Sudafrica ancora prima di giocarlo. Ci festeggiamo. Tutti noi. I compagni.

Vado verso Stefano che si è steso nella sua porta, a terra. Un portiere è sempre solo. Para da solo, esulta da solo, tra i pali. Stefano mi vede e mi viene incontro. Gli metto le braccia intorno alla vita. Sto tutto sudato. Lui meno. C'è l'abbraccio nostro, quello di calciatori. C'è la carezza tua sulla faccia del centrocampista che ha fatto ogni cosa per te, tutto quello che ha potuto fare. Significa quello che è: fratellanza e obiettivo comune raggiunto. La fratellanza è soprattutto nella sconfitta, quando brucia di più e chiede più pelle da consolare. Qualsiasi cosa succeda quella carezza, quell'abbraccio, quello scompigliare i capelli, quella manata sul culo vuol dire che tu, al compagno tuo di squadra, gli vuoi un bene di stima e di riconoscenza. Gli stai dicendo: "Guagliò, grazie assai. Scusami se qualche volta ho pisciato e mi sono incazzato e non ti ho capito, ma 'o saccio chello ca si'".

Poi c'è un altro fatto.

Le dita della mano che stanno sui fianchi. Escono pazze le dita mie, da sole fanno un fatto che non è il fatto di prima, salgono le dita mie e stanno andando a raccogliere la faccia di Stefano.

Tutti sul campo capiscono che questa è un'altra cosa.

Giardini afferra Gavino per la maglietta e se lo trascina. Vengono dalla parte nostra. Gavino fa segno a John e a Pietro Mezzani. Sandrone ha capito già perfettamente. Fa un gesto con la mano ai ragazzi della riserva che tengono il Mister in aria, sulle braccia, e butta un allucco a Milton. Di Leo e Stromberg mollano all'improvviso il cerchio del Mister. Un altro poco a Regareali lo facevano schiattare a terra. Erik si porta Cannavacciuolo per un braccio e mentre continua a mandare baci ai tifosi, dice una porcheria in svedese e lo strattona un po'. Via via arrivano tutti gli altri, tutti verso noi due.

Il Mister e tutto lo staff stanno a guardare. Ridono, e si staranno chiedendo: Che vogliono fare?

Penseranno che è un fatto nostro, nostro di compagni.

I verdenero convergono nella nostra area di rigore. Si stringono intorno a me e Stefano. Si dispongono intorno a noi e fanno una cupola con la testa. Tutte le teste vicine e le mani che abbracciano la vita. Difficile vedere, da qualsiasi angolazione, cosa succede dentro al cerchio. A me e a Stefano ci manca la forza nelle ginocchia. Ci mettiamo come in castigo, senza ceci a terra ma solo erba, erba sotto le ginocchia. Sono a dieci centimetri dalla sua faccia e lo tengo ancora stretto tra le mie dita. Stefano capisce cosa voglio fare, mi toglie una mano e se la porta sul petto. È tenerezza.

– È un fatto nostro.

– Fammelo fare.

– Una cosa alla volta, me lo hai insegnato tu.

– Non significa niente. Io così io non esisto. Non esistiamo.

– Sono con voi. Qualsiasi cosa fate – dice il capitano. – Tutti noi siamo con voi.

I verdenero fanno sentire un sì forte e chiaro a tutto lo stadio.

Boato dei tifosi. Sul videowall c'è una squadra in cerchio che si stringe intorno alla soddisfazione di aver centrato la Champions. Una squadra che compie il suo rito di fratellanza, di festeggiamento, di fedeltà.

– Non cambierà mai niente – dico disperato.

– Non è vero.

Stefano guarda da sotto le teste dei nostri compagni. Anch'io li guardo. Sopra di noi, in questo momento ci proteggono dal mondo. Aspettano quello che decidiamo di fare. Con le teste azzeccate l'una all'altra, le braccia di uno che stringono i fianchi di altri due compagni a fianco, gli occhi su di noi e aspettano. Ho la certezza che nessuno e niente li muove da come stanno. Puoi stare in silenzio nello spogliatoio se sai che due compagni tuoi sono ricchioni. Perché non sai cosa dirgli, perché non sai come affrontare la cosa visto che non c'è un'esperienza, perché tu ai ricchioni li schifi e solo l'idea di andare a letto con un uomo ti fa arrizzare i peli sul cazzo. Però se te lo scordi un momento, un solo momento, se proprio non ci pensi, se non ti è venuto in mente mai, mai e poi mai, di pensare come Giardini si avvicina a sua moglie e le fa capire che vuole la fessa, o come il Mister tiene la faccia quando raggiunge l'orgasmo 4-4-2, se non ci pensi più di una volta a cosa se ne fa John di tutti quei preservativi che fra poco scadono, se non te ne fotte proprio di sapere come Careddu chiava in sardo e di sapere se la moglie di Cannavacciuolo, dalla sua camera da letto, guarda la luna piena su Procida mentre ci fa all'amore col pisello babybaby di suo marito, se ti scordi di questo anche un solo momento, quello che rimane è ciò che riconosci.

La festa. Il rumore dello stadio comincia a sentirsi di meno. Sugli spalti si stanno chiedendo che stiamo facendo.

I nostri compagni continuano a guardarci da sopra. Non hanno fretta. Non pensano a niente se non a me e a Stefano, a quello di cui abbiamo bisogno. A quello che ci fa contenti. Non sanno molto. Non capiscono, alcuni. Non se lo faranno mai mettere dietro perché non gli piace, e non c'è altro. Però tutti tengono gli occhi attenti, e aspettano. Sono io che ho fretta. Li guardo da sotto e capisco che questi compagni miei qua, i verdenero, sono capaci di aspettare così con la faccia a scemi per tutta l'eternità.

Mi alzo in piedi. Do una mano a Stefano a rialzarsi. Le nostre teste sbucano in mezzo alle altre teste dei nostri compagni e saltiamo tutti insieme con le braccia al cielo. Lo stadio diventa ancora gioia e Freelay comincia a baciare tutti. Quando mi afferra ha un momento di esitazione, ma poi ammolla le sue labbra sulle mie e contemporaneamente mi mette due dita nel culo.

Che stronzo bastardo.

Indice